PRINGLE A'R TATŴ

# Miss Pringle
# a'r Tatŵ

HARRI PARRI

bwthyn
GWASG Y BWTHYN

ⓗ Harri Parri 2005 ©
Gwasg y Bwthyn

Argraffiad cyntaf Hydref 2005

ISBN 1-904845-33-9

Dymuna'r cyhoeddwyr gydnabod cymorth
Adrannau Cyngor Llyfrau Cymru.

Cynlluniwyd y clawr gan Ian Griffith

Cyhoeddwyd ac argraffwyd yng Nghymru
gan Wasg y Bwthyn, Caernarfon

# CYNNWYS

I ENLLI A LLEUCU.
MA' NHW, O LEIAF, YN MEDDWL BOD 'TAID'
YN MEDRU SGWENNU

# CYDNABOD

'Dyledwr ydwyf . . .' Unwaith eto, diolch i Eisteddfod Genedlaethol Cymru am wahoddiad i ysgrifennu chwe stori ar gyfer y Babell Lên. A minnau'n byw yn y fro, roedd gwybod mai Pwyllgor Llên Eisteddfod Eryri a'r Cyffiniau 2005 a yrrodd y cwch i'r dŵr yn rhoi pleser ychwanegol. Yr un pryd – fel sawl tro o'r blaen – rhoddodd Cyngor Llyfrau Cymru sêl bendith ar droi'r deunydd yn gyfrol o straeon byrion. A gwerthfawrogaf fwriad Radio Cymru, fel o'r blaen, i ddarlledu'r gwaith.

Y stori fer lenyddol lafar – os oes y fath ffurf yn bod – sy'n fy niddori i. O'r herwydd, rwy'n fwy na diolchgar i John Ogwen am iddo unwaith yn rhagor droi'r deunydd yn theatr hynod gofiadwy ac i'r 'cefnogwyr' hynny a lanwodd y Babell Lên i'r ymylon, y naill ddydd ar ôl y llall, â'u chwerthin ac â'u gwerthfawrogiad.

Fel gyda'r cyfrolau blaenorol, Ian Griffith fu'n gyfrifol am y clawr a'r lluniau, bu Llinos Lloyd Jones a'r Dr W. Gwyn Lewis mor garedig â bwrw golwg manwl dros yr iaith a'r arddull, a chytunodd Arwel Jones i ddarllen y deunydd ar fy rhan. Yn olaf, ond nid yn lleiaf o bell ffordd, diolch i Wasg y Bwthyn am yr awydd i gyhoeddi'r gyfrol hon eto.

HARRI PARRI

# 1. *ANGYLION A MUL BENTHYG*

Pan daflodd y Gweinidog yr awgrym i'r Blaenoriaid, wedi'r oedfa, un bore Sul o Dachwedd, cythrwyd at y syniad fel pac o gŵn yn disgyn ar asgwrn.

'Ond Mistyr Thomas bach,' holodd Meri Morris, Llawr Dyrnu, yn cynhesu at y bwriad ond yn codi bwganod yr un pryd, 'ble ar y ddaear y medrwch chi ga'l gafa'l ar gamelod, yr adag yma o'r flwyddyn?'

'A mi fasa' pethau felly,' rhybuddiodd William Howarth, yr Ymgymerwr, yn arferol ddarbodus, 'yn yfad galwyni o ddŵr. A be' fasa' hynny'n gostio i ni fel eglwys a ninnau wedi mynd ar y mitr?'

'A phwy, os ca' i ofyn, sy'n mynd i fwydo pethau felly?' holodd John Wyn, yr Ysgrifennydd, yn arferol flin. 'A phwy sy'n mynd i garthu ar 'u holau nhw? Achos 'na **i** ddim.'

'Oes rhywun wedi gofyn i chi?' holodd y Gwenidog, yn teimlo'i hun yn tynhau.

Anwybyddodd John Wyn y cwestiwn, 'A pheth arall, mi fydd yn ofynnol i rywun ddisinffectio'r festri, unwaith y byddan nhw wedi marw . . . o oerfal. Peth drewllyd, ar y gorau, ydi camal.'

'*Ye'r telling me,*' eiliodd Cecil, y torrwr gwalltiau merched, yn crychu'i drwyn yn ach-â-a-fi. '*Pooh!* Mistyr Thomas, cariad, *think of the smell.* Ma' slyri camal yn waeth na'r un slyri arall,' yn union fel petai o'n cadw stabliad ohonyn nhw yng nghefn y Siswrn Cecil *Scissors* yn Stryd Samson, ac yn gorfod carthu allan bob dydd o'r flwyddyn.

'Cofiwch,' meddai Meri Morris, y wraig ffarm ymarferol, yn awyddus i helpu'i Gweinidog i gael camelod, 'mi fedra' Dwalad 'cw ddefnyddio bag neu ddau o'r tail. Hynny ydi, os byddwch chi'n penderfynu 'i roi o yn hytrach na'i werthu o. Mae o'r peth gorau i dyfu moron,' fel petai hithau wedi'i magu yn y Swdan a thail camelod yn cael ei werthu wrth y bageidiau ym mhob canolfan arddio led-led y wlad.

'Hannar munud,' ebe'r Gweinidog, ar fin chwythu ffiws hanner can amp, 'Pwy soniodd am gamelod? Achos 'nes i ddim. Heb sôn am werthu'u tail nhw!'

'Ond mi sonioch am ddrama Dolig,' ebe John Wyn, yn ymosodol.

'Peth gwahanol ydi hynny.'

'Drama yn yr awyr agorad?'

'Sôn am y posibilrwydd, do.'

'Ac mi fyddwch angan doethion mewn drama felly?'

'Wel . . . m . . . bosib.'

'A fedrwch chi ddim ca'l doethion heb ga'l camelod.'

'Rŵan, gyfeillion,' apeliodd Dwynwen, yr unig un ymarferol wedi i Dyddgu a'r teulu ymfudo i Gaerdydd, 'rhowch gyfla i'r Gweinidog ddeud 'i stori, ac mi gawn ni gyfla i drafod arferion camelod rhywbryd eto. Deudwch chi, Eilir, be' s'gynnoch chi mewn golwg.'

'Wel Ceinwen, nid fi, a deud y gwir, gafodd y syniad. Ma' 'i chwaer hi, Gwenda, sy'n byw yn Camelford . . .'

'Ydi o'n sôn am gamelod eto?' holodd Ifan Jones, yr hen ffarmwr, wedi dal ar hanner gair. 'Wel, sut gythril y medar o gadw peth felly yn fyw pan fydd hi'n dywydd tamp? Yr Aifft ydi lle pethau felly, yn ôl y Beibl.'

'*Farmer* Jones, siwgr,' bloeddiodd Cecil yn nhwll clust yr hen ŵr, 'lle ma'ch *thing-me-jig* clywad chi?'

'O, ia,' a throi sain y cymorth clyw hen ffasiwn raddfeydd i fyny nes bod gwich fel hoelen ar sinc yn mynd drwy ben pawb a oedd yn bresennol.

Wedi i Ifan droi'r sain i lawr aeth y Gweinidog ymlaen â'i

stori. Eglurodd fel roedd ei chwaer yng nghyfraith – honno oedd yn byw yn Camelford, yng Nghernyw – yn aelod o eglwys Bentecostaidd a gredai mewn arbrofi'n fentrus a chenhadu'n gyson yn y dref a'r cyffiniau. Yn fisol, anfonai gylchgrawn sgleiniog o'r enw *The Threshold* i'w chwaer a'i gŵr, i ddangos gweithgarwch anhygoel yr eglwys fechan honno a chan obeithio y byddai clywed am y gweithgarwch hwnnw yn ennyn brwdfrydedd cenhadol, tebyg, yn saint mwy sidêt Capel y Cei.

*    *    *

Fel roedd newydd awgrymu, Ceinwen, wrth y bwrdd swper, hanner awr cyn y Cyfarfod Blaenoriaid, a'i perswadiodd i roi'r mater ger bron y Blaenoriaid.

'Eil!'

'M?'

''Ti 'di gweld hwn?'

'Gweld be'?'

'*Y Trothwy* lliwgar 'ma?'

'Sut medrwn i? A tithau wedi'i fachu o.'

'Clyw! Y Nadolig yma, ma' Gwenda a'i gŵr, a chriw o'r capal, yn mynd i berfformio drama'r geni yn yr awyr agorad, yng nghanol Camelford.'

'O,' yn ddigon di-ddiddordeb.

'Ac ma' Gwenda ni yn mynd i fod yn Mair.'

'Be', yn 'i hoed hi?'

Anwybyddodd Ceinwen y cellwair. 'Ac ma' nhw'n mynd i fartsio ar hyd y strydoedd; Herbert, 'i gŵr hi, yn arwain y mul a Gwenda yn marchogaeth ar 'i gefn o.'

'Ar gefn Herbert?'

Gwylltiodd Ceinwen yn gacwn ulw, 'Ar gefn y mul siŵr iawn.'

'O! Deud ti. Ond mi fydda'r llall yn tynnu mwy o bobol.' Ychydig o Gymraeg a oedd rhwng Eilir a'i frawd yng nghyfraith – yn llythrennol, dim Cymraeg o gwbl. Sais o'r

Saeson oedd Herbert; boi ffroenuchel a'i grefydd yn drewi o hunangyfiawnder.

'Gwranda, Eilir. 'Ti ddim yn meddwl y bydda' fo'n beth da i ni, fel eglwys, roi cynnig ar rwbath tebyg? Mynd â'r hanas allan i'r byd. Wedi'r cwbl, ma' rhan fawr o'r stori Feiblaidd yn digwydd yn yr awyr agorad. Nid yn sêt fawr capal.'

'Cein?'

'Ia?'

'Ei di i lawr stryd fawr Porth yr Aur ar gefn mul?'

'Ddim am bensiwn.'

'Ma' dy chwaer di am fynd.'

'Matar iddi hi ydi hynny 'te. Ond mi fedra' i feddwl am amryw fasa'n mynd.'

'Fel pwy?'

'Wel . . .' ac aeth yn big ar Ceinwen am enwau. 'Wel . . . be' am Meri Morris, Llawr Dyrnu? Ma' hi'n flaenoras . . . ac ma' 'di bod yn reidio ceffylau . . . wel, pan oedd hi'n fengach.'

'Ac ma' hi dros 'i thrigian.'

'Hollti blew ydi peth fel'na. Na, ma' 'na rwbath yn deud wrtha' i y bydda'r peth yn llwyddiant mawr.'

'Ym Mhorth yr Aur?'

'Mae o'n mynd i ddigwydd yn Camelford, 'tydi?'

'Lloegr ydi fan'no 'te? Yma, ym Mhorth yr Aur, mi fydda' poteli cwrw gweigion yn disgyn ar y ddrama fel cawod o gonffeti. Mi wyddost sut ma' pethau yn y dre 'ma fin nos.'

'Gwranda, Eil.'

'Ia.'

''Ti'n fy ngharu i?'

Roedd o'n gwestiwn anodd i'w ateb mewn gwaed oer, uwchben platiad o sbageti wedi oeri, ddeng munud cyn Cyfarfod Blaenoriaid, 'M . . . ydw. Wrth gwrs fy mod i.'

'Os hynny, gwna dy orau i werthu'r syniad i'r Blaenoriaid, 'nei di? Dyna hogyn da. Mi fedrwn ni anghytuno ynglŷn â'r manylion yn nes ymlaen.'

'Mi 'na i droi'r peth yn fy meddwl. 'Dw i'n addo hynny.'

'Ond mi rydan ni'n laru ar yr un math o beth bob Dolig. Ac fel y gwyddost ti dy hun, hefo llai o blant yn mynychu'r ysgol Sul ma' hi'n mynd yn brinnach am angylion flwyddyn ar ôl blwyddyn. 'Tasa'r oedolion a'r plant yn mynd at 'i gilydd, a ninna'n mentro ar lwybr newydd, hwyrach y bydda' pethau'n gwella.'

''Ti'n meddwl hynny?'

Cododd Eilir oddi wrth y bwrdd a mynd i chwilio am ei gôt ucha'.

''Dw i'n mynd Cein,' a rhoi pec ysgafn ar ei thalcen. 'Ac os ca' i fy llabyddio am 'neud yr awgrym, c'nebrwng bach fydda' i isio . . . un i ferchaid yn unig.'

'Mi gofia' i hynny.'

'Hwyl rŵan.'

'Hwyl.'

Wedi i'r Gweinidog roi crynodeb o'r sgwrs a fu rhwng Ceinwen ac yntau – ond gan osgoi unrhyw gyfeiriad at ful – cymerodd y Blaenoriaid at yr awgrym fel cathod at lefrith a mwy nag un ohonynt yn awyddus i gael rhan yn y gweithgarwch.

'Mi fedrwn i, yn hawdd iawn,' ebe Howarth, 'fod yn un o'r tri gŵr doeth. Ac wrth y bydd hi'n anodd ca'l camelod, fel deudodd Meri Morris, mi fedrwn roi benthyg yr hers i chi – am fawr mwy na phris y diesel. Hynny ydi, os na fydd gin i olwg am g'nebrwn.'

'Hers?' holodd y Gweinidog, mewn syndod.

'Ia, siŵr. Mi fedra'r tri ohonon ni, wŷr doeth, stwffio i sêt ffrynt peth felly, i deithio o'r dwyrain at yr Harbwr – fel ma'r Beibl yn deud. Ac mi fedrwn luchio'r presantau i gefn yr hers.'

'Diolch i chi, Mistyr Howarth, am y cynnig ond mi adawn ni'r manylion at nes ymlaen.'

'*Can I make a suggestion*, cariad?' gofynnodd Cecil, gan sgriwio'i geg yn gron fel gwddw potel.

'Ia?'

'Mi fasa' Musus Thomas chi yn gneud *beautiful Madonna*.'

'Be'?'

'Fedra' i 'i gweld hi rŵan, Mistyr Thomas, *just imagine.* Mewn *headscarf off-white,* ffrog *ocean blue* a *pink sandals,* yn dŵad i lawr y stryd fawr, heibio Tesco, *riding on a donkey.*'

Ffromodd y Gweinidog, 'E'lla'ch bod chi, Cecil, yn medru'i gweld hi mewn gêr felly, ond fedra' i ddim.' (Roedd ei wraig wedi'i sicrhau o hynny lai nag awr ynghynt.) 'Ond . . . y . . . diolch i chi am yr awgrym, serch hynny. Fel deudis i yn gynharach, cytuno ar yr egwyddor sy'n angenrheidiol ar hyn o bryd.'

'Yn hollol,' eiliodd Dwynwen, 'y syniad sy'n werthfawr, fel ma' Eilir newydd awgrymu. Mynd â'r neges allan i'r byd, dyna sy'n bwysig. Ond meddwl roeddwn i, Eilir, y bydda' hi'n bosibl perswadio holl eglwysi'r dre i ymuno hefo ni. Mi fydda' hynny'n cryfhau'r dystiolaeth.'

'Wel, mi fedra' i awgrymu hynny i'r rhai sy'n arwain yn eglwysi'r dre. Ond o'i wneud o'n berfformiad cydeglwysig mawr mi fydd yna waith calad i roi y peth ar y gweill. Petai dim ond y gwaith o ga'l gwisgoedd i bawb.'

'Mistyr Tomas, cariad,' ymyrrodd y torrwr gwalltiau drachefn, *'leave the costumes to* Cecil.'

Ceisiodd Eilir osgoi hyricen posibl cyn iddi ddechrau hel gwynt, 'Na wir, fedrwn ni ddim rhoi baich ychwanegol fel'na ar ysgwyddau Cecil Humphreys. Mae o'n brysur fel ag y mae hi. Ma' gynno fo ddigon ar 'i blât. Fydda' hynny ddim yn deg.'

'Mistyr Thomas, siwgr,' ebe Cecil, yn cyffwrdd llaw ei Weinidog yn dyner, 'fydd y gwaith yn blesar.'

'Ond . . .'

*'On one condition!'*

'Be' felly?'

*'Can I be Gabriel?'*

I osgoi rhoi ateb, y naill ffordd na'r llall, tynnodd y Gweinidog y cyfarfod i ben a chododd pawb i ymadael.

\*     \*     \*

I brofi'r dŵr fel petai – cyn mynd â'r mater ymhellach – penderfynodd Eilir wyntyllu'r syniad o berfformio drama Nadolig yn yr awyr agored ar drothwy'r Ŵyl yng nghylch trafod y Gweinidogion. Cyfarfyddai hwnnw'n fisol yn Nhŷ'r Offeiriad i drafod rhyw gyfrol ddiwinyddol neu'i gilydd, hynny'n cael ei ddilyn gan gryn dipyn o siarad siop cyn cyfranogi o'r coffi a fragai'r Tad Finnigan ar eu cyfer. Roedd y coffi hwnnw'n ddu a thew fel inc cyfrifiadur, yn llithro'n anfoddog allan o'r pot yn hytrach na llifo ac yn chwerw fel wermod. Diodydd gweinion oedd un o gasbethau'r Tad Finnigan. Serch hynny, yr unig un a wrthodai letygarwch yr Offeiriad oedd William Edwards, gweinidog Carmel, yr Annibynwyr. Byth wedi i'r Offeiriad roi jochiad o rywbeth cryfach yn ei lygad un pnawn rhewllyd, ac i Edwards ei yfed ar ei dalcen, heb flasu'r gwahaniaeth, a dechrau canu pethau heblaw emynau, byddai'n dod â'i fflasg ei hun i'w ganlyn a Prisila, ei wraig, wedi'i chorcio ymlaen llaw yn ddirwestol dynn.

'Gymerwch chwi goffi, William Edwards?' holodd y Tad Finnigan yn ei acen Wyddelig, wedi i'r drafodaeth lyncu'i phen, ond yn gwybod yr ateb i'w gwestiwn cyn iddo feddwl ei ofyn.

'Dim diolch. Ma' gin i beth yn fa'ma, wedi i Prisila 'i 'neud i mi. 'Dw i am sticio i hwn.'

'Walters?' wrth y Person.

'Dim, Jim, os nag oes yna fwy o gic ynddo fo nag arfar. Roedd y peth dwytha ge's i yn ddigon saff i mi ddreifio ar 'i ôl o. Fel y gwyddoch chi, dda gin i ddim coffi felly.'

Dic Walters, Person Porth yr Aur, oedd tynnwr coes y cwmni ond fel y rhan fwyaf o dynwyr coesau roedd bob amser yn barotach i roi ergydion nag oedd i dderbyn rhai. 'Gyda llaw, yr hen Eil,' meddai, yn dechrau corddi pethau, 'clywed dy fod ti am droi Porth yr Aur yma yn ryw fath o Oberammergau.'

'Oberammergau? Be' 'ti'n feddwl?'

'Cynnal drama yn yr awyr agorad, a ballu.'

'Pwy ddeudodd?'

'Ydi o wahaniaeth?'

'Ydi.'

'Gan dy fod ti'n pwyso arna' i, mi ddeuda' i wrthat ti.'

'Ia?'

'Digwydd galw 'nes i yn y Tebot Pinc i weld un o'r plwyfolion.'

Credai'r Person fod pawb a drigai oddi mewn i ffiniau'r plwy – Moslemiaid, Hindwiaid, y di-grefydd a'r gwrth-grefydd – yn braidd iddo a gwyddai fod hynny'n gadach coch i Eilir.

'Pwy felly?'

'Wel Cecil, dy fêt di.'

''Dydi o ddim yn fêt i mi. Wel . . . dim mwy o fêt na neb arall.'

'Od!'

'Pam hynny?'

'Wel, fel 'fy siwgr i' roedd o'n cyfeirio atat ti. Ta waeth, mi alw'is i heibio, a'i gael o yn y swyddfa yn y cefn – fan'no bydda i'n ca'l fy nghoffi fel arfar. Talu amdano fo, cofia. Dyna lle roedd yr hen gadach wedi'i gladdu o dan domennydd o sidan ac yn pwytho'i hochor hi. Ei draed a'i freichiau fo'n mynd fel 'tasa fo'n fwnci clwt wedi'i weindio. Fo ddeudodd wrtha' i.'

Roedd Eilir a'r Person yn bennau ffrindiau, y ddau wedi landio yn y dref tua'r un pryd, ond perthynas cicio a brathu a fu hi gydol y blynyddoedd. Anaml y bu dau annhebycach i'w gilydd o ran natur nac o ran ymddangosiad: y Person yn hamddena bugeilio pawb a phopeth ar hyd strydoedd Porth yr Aur, o fore gwyn tan nos, a'r *Dachshund* hwnnw – y 'ci sosej' chwedl Eilir – yn llusgo o'i ôl wrth dennyn, ac Eilir, ar y llaw arall, wrthi fel lladd nadroedd drwy'r dydd bob dydd, yn rhwyfo'i orau ond byth, rhywfodd, yn cyrraedd glan; o ran ymddangosiad roedd y ddau yn bolyn a pheg: Eilir yn eiddil a byr a'r Person yn llipryn tal, tywyll iawn ei groen a'i wisg. Ond roedd Ceinwen yn addoli'r ddaear roedd Dic Walters yn cerdded arni oherwydd tu ôl i'r dychan cyson, pan oedd gwir angen roedd yna gyfaill a lynai'n well na brawd.

Wedi cael ei roi mewn congl, penderfynodd Eilir mai agor ei galon i'r gweddill oedd orau iddo. 'Ro'n i wedi meddwl sôn am y peth wrth y gweddill ohonoch chi oni bai i Walters 'ma, fel arfar, neidio'r gwn. Y bwriad ydi mynd â'r Nadolig allan i'r stryd.'

'Gormod o hynny sy'n digwydd eisoes,' brathodd William Edwards, yn arferol gul. 'Ma'r byd wedi dwyn ein Nadolig ni fel ag y mae hi.'

Golchi traed y saint hefo dŵr rhy boeth oedd arfer William Edwards ond ei wraig, yn ôl y siarad, a ferwai'r dŵr hwnnw, a hynny hyd at fod yn ferwedig, rhwng cilbost dau Sul.

'Ma' gin yr hen William bwynt,' crafodd Dic Walters, yn gyrru'r cwch fwy i'r dŵr. 'Fy arfar i ar Ddolig, fel y gwyddoch chi, ydi rigio'r eglwys 'cw i fyny. Yna, gada'l y drws yn agorad led y pen i bawb sy'n dymuno hynny ddŵad i mewn i ddal awyrgylch yr Ŵyl. Ac os bydd y tywydd yn caniatáu, mi gawn ni ddaliad neu ddau o ganu carolau ar drothwy'r Dolig. Ond Eilir, yr hen ddyn, dos ti ymlaen hefo dy ddrama os ma' fel'na ma' Cecil a tithau'n gweld pethau.'

Ymateb llugoer a gafodd y syniad gan weddill y cwmni. Yn wir, dim ymateb o gwbl o du'r hen Ganon Puw, llywydd y cylch trafod – wel, o ran enw. Fel arfer, roedd o wedi syrthio i gysgu cyn i'r trafod lawn ddechrau; cysgai yn ei gwman yn y gadair freichiau a gwlithyn o'r annwyd didymhorau hwnnw a'i poenai yn hongian ar flaen eithaf ei drwyn, fel pry cop ar wynt, yn bygwth disgyn ac eto'n dal i afael. Gwenhwyfar, Gweinidog Wesle newydd y dref, oedd pumed aelod y cwmni; geneth ifanc welw ei gwedd, yn llysieuwraig o argyhoeddiad, un efengylaidd ei hysbryd ond yn ystyried mai cadw'i sioe'i hun ar y cledrau oedd ei phennaf ddyletswydd. Hanner y stori a gafodd y Tad Finnigan cyn picio i'r gegin i roi berwad arall i goffi a oedd eisoes wedi gorferwi'n enbyd chwerw.

Wedi ychwaneg o fân siarad, ac i Walters roi pwniad i

Canon Puw i'w argyhoeddi'i bod hi'n 'fore newydd arall, cyfle newydd arall' – a dyna'r foment y gollyngodd y gwlithyn ei afael a disgyn yn streipen ar ei wasgod – cododd pawb i ymadael.

'Eilir,' galwodd y Tad Finnigan, pan oedd pawb arall allan o glyw, 'fe hoffwn i gael gair bychan gyda chwi cyn eich bod yn ymadael.' Serch blynyddoedd ym Mhorth yr Aur roedd Cymraeg eiliaith y Gwyddel mor ddigrych â phetai newydd gael ei dynnu allan o focs a'r acen yn atyniadol Wyddelig.

'Wrth gwrs, Jim.'

'Roedd yn syn gen i glywed fy mrodyr,' (oherwydd ei wrthwynebiad i ferched yn yr offeiriadaeth fyddai Finnigan byth yn cydnabod bodolaeth Gwenhwyfar) 'yn gwrthwynebu eich drama stryd.'

'Wel, pawb â'i focs sebon ydi hi, ma'n debyg. Fel'na ma' hi wedi bod ym Mhorth yr Aur 'ma erioed.'

'Fe hoffwn i, fodd bynnag, roi fy anadl o blaid y cynllun. Cyn belled ag y bydd fy urddau eglwysig i'n caniatáu i mi wneud hynny.'

'Wir?'

Cafodd y Gweinidog sioc a'i sobrodd ond un bleserus serch hynny. Os bu Pabydd uniongred o ddechrau Catholigiaeth ymlaen, yna, y Tad James Finnigan oedd hwnnw. Daeth i Borth yr Aur o gorsydd gwlybion Connemara *via* Coleg Diwinyddol yn Sbaen, ymhell cyn i Eilir a Ceinwen gyrraedd y dref, a mynd ati'n syth i ddysgu'r Gymraeg. Erbyn hyn, roedd ar ddannedd y pedwar ugain, wedi mynd yr un hyd a'r un led, yn foel fel balŵn ac yn treulio'i holl fugeiliaeth, mwy neu lai, yn pysgota hogiau Shamus Mulligan o ryw drybini neu'i gilydd. Yn wir, ei unig ddeiliaid, bron, oedd tylwyth lluosog y Mulliganiaid a drigai yn eu carafanau lliwgar ar y Morfa Mawr ac ambell Wyddel a laniai ym Mhorth yr Aur ar dywydd drwg. Serch anffyddlondeb Shamus a'i deulu i sacramentau'r eglwys, roedd epilgarwch anhygoel y plant, a phlant rhai o'r plant erbyn hyn, yn sicrhau fod yna gonffyrmio aelodau newydd yn yr Eglwys Gatholig gyda chysondeb rhyfeddol.

'Gwrandewch Eilir, fe fyddaf i yn gyfrifol am leng o angylion ar gyfer eich perfformiad.'

'Fydd angan cymaint o angylion â hynny?' holodd y Gweinidog yn gweld perygl i'r ddrama fynd yn unochrog – bataliwn gref o angylion a fawr neb arall.

Aeth y Tad Finnigan yn flin yn y fan, 'Wrth gwrs y bydd, y mae'r Ysgrythur yn sôn am "lu nefol", Eilir Thomas. Nid rhyw lond dwrn. A pheth arall, mae eich cyfaill agos, Cecil Humphreys, wrthi yn paratoi ffrogiau ar gyfer o leiaf hanner cant o'r cyfryw.'

Angelyddiaeth oedd un o argyhoeddiadau dyfnaf y Tad Finnigan. Credai yn gryf ym modolaeth angylion ac fe'u gwelai, yn llythrennol, yn y mannau mwyaf annisgwyl. Roedd ei eglwys yn llawn dop o rai plastr, ac ambell un pres, ac roedd yna angel newydd yn ymddangos yn Nhŷ'r Offeiriad bob lleuad. Hynny a barai i Dic Walters ofyn iddo'n fisol, wrth gyfeirio at ryw angel newydd neu'i gilydd: 'Be' ydi enw hon gynnoch chi, Jim?' A bob mis âi'r Tad Finnigan yn biws ei wyneb ac arthio: ''Dydi angylion, Walters, na benyw na gwryw!' Oherwydd y tebygrwydd enw, dathlai'r 'angelws' yn ddyddiol drwy ganu cloch yr eglwys deirgwaith y dydd ac adrodd tair *Ave Maria*.

'Na, na,' ategodd wedi lliniaru peth, 'fe ofalaf y bydd yna fyddin gref o angylion o wahanol faintioli. Ac yr wyf eisoes wedi ymbil ar fy mhlwyfolion,' ac ymgroesi'n frysiog, 'serch eu haml lithriadau, i hwyluso eich gwaith clodwiw ymhob dull a modd posibl.'

Wrth droi i ymadael, a theimlo, bellach, fod y llanw yn dechrau cerdded o'i flaen, penderfynodd rybuddio y Tad Finnigan fod rhai partiau yn y ddrama wedi'u clustnodi'n barod.

'Gin i ofn, Jim, fod part Gabriel wedi'i fachu'n barod.'

'Gabriel?' holodd, a'i wyneb yn troi'n ysgarlad. 'Ond mae

hynny'n gwbl anysgrythurol, Eilir. Yn gwbl, gwbl anysgrythurol. Mewn digwyddiadau Beiblaidd eraill mae'r angel hwnnw'n ymddangos.'

Gan fod y torrwr gwalltiau eisoes wedi gogrwn y stori ar hyd a lled y dref i gyd, a hynny ymhell cyn pryd a heb ganiatâd, pendefynodd Eilir ei werthu yn y fan a'r lle. 'Ond Cecil Humhreys fynnodd gym'yd at y rhan, heb i neb ei gymell o.'

Cymrodd y Tad Finnigan eiliad neu ddau i ddod yn ôl i'r ddaear ac yna ymbwyllodd yn annisgwyl, a dweud, 'O wel, os felly, derbyn y cynnig yn rasol sydd orau i ni. Wedi'r cwbl, hoffwn i ddim gweld angylion yn noethlymun.'

*     *     *

Ddeuddydd yn ddiweddarach a'r Gweinidog yn cerdded stryd fawr Porth yr Aur, pwy ddaeth i'w gyfarfod gyferbyn â Siop Moi Tatws, yn grand o'i go, ond Shamus Mulligan ei hun – cap hela, côt law wen filitaraidd ei thoriad a phâr o sgidiau swêd, anfuddiol o olau.

'Neis gweld chdi, Bos.'

'A chithau, Shamus.'

'Gwraig chdi'n iawn?'

'Yn b'yta'i siâr, diolch am hynny. A sut ma' Musus Mulligan?' yn gwybod yr ateb cyn iddo'i dderbyn.

'Wedi mynd yn tew ma' fo eto, Bos. Fath â pwdin, ia?'

'Tewch chithau.'

''Ti 'di gweld o *recently*?'

'Do.'

'Heb 'i dillad?'

'Do . . . y naddo,' yn brysio i gywiro'i hun.

''Sa chdi'n digwydd 'i gweld o, ia, heb dim amdano fo, ma' fo'n *massive*, cofia. Rhaid i chdi ca'l i gweld o rywbryd.'

'Bydd, debyg,' ond yn bwriadu pellhau y dydd hwnnw cyn belled â phosibl.

Flwyddyn neu ddwy ynghynt, roedd Kathleen Mulligan

wedi ymuno â chlwb colli pwysau a gyfarfyddai yn festri Capel y Cei, un arall o syniadau gwallgof Cecil Siswrn, ac ennill y wobr am golli mwy o bwysau na neb arall. Ond ganddi hi roedd y mwyaf o bwysau i'w golli yn y lle cyntaf.

''Nes i mo'ch nabod chi am funud, Shamus, yn y rig-owt smart 'ma,' meddai'r Gweinidog, yn troi trwyn y stori i gyfeiriad gwahanol rhag clywed dinoethi pellach ar Kathleen Mulligan.

'Mynd i weld *Father* ma' fo, cofia,' yn cyfeiro ato'i hun.

Cymraeg oedd iaith gyntaf Shamus Mulligan, fel ei holl dylwyth, ac yn yr ysgol gynradd leol y cafodd hynny o addysg ag y llwyddodd i fanteisio arni. Gan fod galw arno, os oedd hi'n ffit o dywydd, i fynd gyda'i daid ar hyd a lled y wlad i werthu pegiau a thrwsio sosbenni a thegelli, ac ailweirio ambell i ambarél, ychydig iawn o addysg ffurfiol a gafodd. O'r herwydd, ni lwyddodd i feistroli'r treigliadau ac roedd cenedl enwau'n niwl llwyr iddo. Y drwg oedd fod gweddill y teulu wedi cymryd mai Cymraeg 'Taid Shamus' oedd yr orgraff safonol, nid un *Geiriadur yr Academi*, ac yn ei ddynwared i berffeithrwydd. Ond oherwydd hir adnabyddiaeth, roedd Gweinidog Capel y Cei yn gynefin ag iaith-cöd y Mulliganiaid ac yn medru'i datrys heb drafferth.

'Mynd i gyffesu 'dach chi, Shamus?' holodd y Gweinidog, yn cofio'i bod hi'n ddydd Sadwrn ac yn gweld y tarmaciwr ar newydd wedd.

'Mynd i *Confession* 'ti'n meddwl?'

'Ia.'

'Na, mynd i trio cau'i ceg o, Bos,' a chyfeirio'n ddiraddiol at yr Offeiriad. 'Boi giami, ia? Rhoi stîd i hogia' Shamus am ca'l *lush*, a ma fo'n yfad fath â stag 'i hun.' Tynnodd Mulligan botel foldew, yn dal litr neu well, o boced ei gôt law, a honno'n llawn o ryw hylif tywyll ei liw. 'Ond gneith hwn cau ceg o am dipyn.'

Darllenodd Eilir yr ysgrifen ar y botel, '*Connemara Pure*

*Spring Water, with a hint of turf',* 'a chael peth syndod. 'Ond dŵr ffynnon ydi hwnna, Shamus.'

'Tu allan, ia? Haws ca'l o trw' *customs.* Tu mewn ma' fo'n *real* Macoy. Gneith hwn stripio *farnish* i ti, hannar yn hannar hefo dŵr.'

'Bobol.'

''Ti'n cofio Yncl Joe MacLaverty, Bos?'

'Ydw'.'

'Boi joli,ia?'

'M,' mwmiodd y Gwenidog a threiglad y blynyddoedd heb ladd yr atgof am y cyfanwerthwr mawn meddw hwnnw o Gonnemara a drodd briodas, Nuala, merch hynaf y Mulliganiaid, ac Elvis, mab Plas Coch, yn syrcas yn lle'n wasanaeth.

'Ma' fo 'di gyrru crêt o hwn i *Father*, yn presant Dolig.' Yna, am foment, meddiannwyd y tarmaciwr gan ysbryd yr Ŵyl, ''Sat ti'n lecio ca'l potal, Bos? I Musus chdi ca'l swig dros Dolig?'

''Dydw i ddim yn meddwl. Ond diolch i chi yr un fath.'

'Collad chdi ydi o, Bos. Ond ma' Shamus yn rhoi fo i *Father,* fesul potal.'

'Fesul potal?'

'Ne' bydd 'na dim *mass* nes bod hi'n *Easter.*'

Teimlodd y Gweinidog ei fod wedi brywela digon yn barod, 'Rhaid i mi'i throi hi rŵan, Shamus. Ne' ddo' i ddim i ben â fy ngwaith. Wela' i chi eto.'

Pan oedd y Gweinidog yn troi i ymadael, cododd Shamus Mulligan fater arall; dyna'i arfer, gadael y peth pwysicaf at y diwedd. 'Gwranda, Bos. Ma' gin Shamus mul bach i chdi at *pageant.*'

'Mul?'

'*Father* o'dd yn deud, ia, bo' chdi isio mul.'

Gwyddai Eilir ei bod yn arfer gan Shamus aeafu mulod i ryw ddyn o Loegr a gadwai rai i'w marchogaeth ar y traeth yn ystod yr haf. Fe'u danfonid i Borth yr Aur bob glan gaeaf, i bori ar y Morfa Mawr amgylch-ogylch y carafanau, ar yr amod bod Shamus yn eu bwydo ar dywydd caled neu pan fyddai'r borfa wedi mynd yn llwytach na llwm. Yn dâl am hynny, câi epil afrifed Shamus farchogaeth y mulod yn ôl eu ffansi. Ddiwedd y gwanwyn, byddai'r perchennog yn dychwelyd i'r fro i gludo'r mulod yn ôl i'r traeth. Roedd gan Eilir gof iddo weld un o wyrion Shamus, beth amser yn ôl – fawr mwy na theirblwydd, yn ôl ei faint – yn marchogaeth mul tua'r machlud, yn arddull John Wayne – yn gefnsyth, un llaw yn yr awenau a'r mul yn carlamu tua'r gorllewin pell nerth ei garnau a'i gynffon yn faner yn yr awyr.

'Ond Shamus, 'nes i ddim ordro mul. E'lla y bydda' ca'l mul yn ormod o risg. A pheth arall, Cecil sy'n trefnu pethau.'

'Boi fath â dynas, ia?'

'Y fo sy'n gofalu am y set.'

''Na i ddanfon y mul i Cecil 'ta,' awgrymodd Mulligan, yn fyddar i bryder y Gweinidog.

'Dim ond i chi ddeud wrtho fo na ddaru mi mo'i ordro fo.'

Wedi i'r Gweinidog gerdded ymaith gam neu ddau, clywodd Shamus yn gweiddi ar ei ôl, ''Nes i anghofio deud newydd da arall wrtha' chdi, Bos.'

'O?'

'Ma' Biddy yn mynd i ca'l babi.'

'Biddy?' yn dechrau colli cownt.

'Chwaer Nuala, ia? Hogan da, Bos.'

'Nid yn yr ysgol ma' honno?'

Gadawodd Mulligan y cwestiwn hwnnw ar y bwrdd, 'Gneud 'Taid Shamus' yn prowd, cofia.'

I roi caead ar biser y tincer gofynnodd y Gweinidog iddo, yn iaith arferol Shamus Mulligan pan fyddai'n sôn am yr aelod olaf o'r teulu i ori allan, 'Boi o'n capal ni sy' wedi saethu, debyg?'

Aeth wyneb y tincer yn un ffidil hir, 'Sori, Bos. Dim tro

yma. Ond hwyrach ceith o gwell lwc tro nesa',' gan gyfeirio at
Biddy druan.

*    *    *

Ddechrau'r wythnos, bu'n rhaid i Eilir ymddangos ger bron y
Cyngor Tref i gael y caniatâd terfynol i ymgynnull ar y stryd
oherwydd sibrydion, hollol anghywir, fod gyr o gamelod
benthyg ar gyrraedd y capel a'r cynghorwyr, o'r herwydd, yn
bryderus na allai asiantaeth yr amgylchfyd lanhau ar eu
holau'n ddigon trylwyr cyn gwyliau'r Nadolig. Ond wedi i
Eilir fynd yno, a'i orfodi i lusgo'i draed mewn ystafell aros
ddiwres am gryn hanner awr, bu rhaid gadael y mater ar y
bwrdd oherwydd fod cynifer o'r cynghorwyr yn dal cysylltiad,
hyd braich, â Chapel y Cei a than orfod, o'r herwydd, i
ddatgan diddordeb. Felly methwyd â sicrhau cworwm.

Cyn belled ag yr oedd cydweithrediad yr heddlu yn y
cwestiwn, setlwyd y mater hwnnw yn hawdd ddigon. Pan aeth
dirprwyaeth i Ben y Morfa i gael golwg ar y mul, fe'i
sicrhawyd gan Shamus Mulligan y byddai'r Cwnstabl
Carrington, Llew Traed fel y'i gelwid, â'i draed wrth far y
'Fleece' noson y perfformiad yn ceisio dod i ben â'r hyn a
fyddai wedi'i ordro ar ei gyfer.

Un swmbwl arall yng nghnawd y Gweinidog oedd cael ei
e-bostio fore, pnawn a hwyr gan ryw Sais o Huddersfield –
wingangel@freefly.com.uk – yn holi am 'Cecil Scissors' ac yn
cynnig adenydd plastig ar ddisgownt.

Collodd bnawn cyfan arall yn rhoi help llaw i Cecil a
hynny'n gwbl groes i'w ewyllys. Pan oedd yn sleifio heibio i'r
Siswrn Cecil *Scissors* yn Stryd Samson, a hynny mor dinfain â
phosibl, clywodd y llais o'i ôl, 'Mistyr Thomas, siwgr!'

'Ia?' a throi i gyfeiriad y llais.

Dyna lle'r oedd Cecil a'i frat yn binnau i gyd; ei wallt llaes
lliw sunsur – un o botel – yn gudynnau gwlybion o gwmpas
ei wddw gan faint ei chwys. 'Rhowch hand bach i mi, *sweetie
pie.*'

'Ond fedra' i ddim, Cecil. Ma'n ddrwg gin i.'

*'I'm shattered,* cariad. 'Dw i'n gweld angylion yn 'y nghwsg.'

'Ond 'dw i ar fy ffordd i weld rhai o gleifion yr eglwys cyn y Dolig ac ma' pethau wedi mynd yn ben-set arna' i fel ag y mae hi. Oni bai am hynny . . .'

'*Do it all for Cecil's sake,*' a chydio'n dyner yn ei arddwrn a'i arwain at ddrws y Tebot Pinc – er mawr ddifyrrwch i rai a gerddai'r stryd. 'Ych sioe chi ydi hi, cariad – *not mine.*'

Fe'i harweiniwyd felly, gerfydd ei arddwrn, drwy'r tŷ coffi i'r stafell gefn, er difyrrwch eto i'r rhai a oedd wrth y byrddau.

Roedd y stafell honno yn llawn dop o'r llawr i'r nenfwd o ddilladau angylion ar wahân i ddigon o le ar ganol y llawr i fwrdd hirgul a haearn smwddio yn sefyll ar ei golyn ar un gongl iddo.

'Dowch i mi dynnu amdanoch chi, dyna hogyn da,' ebe Cecil a chyn pen amrantiad gwybedyn roedd Gweinidog Capel y Cei yn ei fest a Cecil yn ei amgylchynu â ffedog blastig a honno'n debotiau bach pinc i gyd. 'Rŵan, Mistyr Thomas, cariad, 'dw i am i chi smwddio y rhein i mi, *one by one.* Mi a' innau ymlaen hefo'r pwytho.'

'Ond, Cecil, 'dw i ddim yn medru smwddio'n debyg i ddim.'

'*We can all learn,*' a gwthio'r hetar parod i law Eilir. 'A gofalwch, siwgr, i fod o ar *cool* ne' mi eith y ffrogia' 'ma'n fwy cwta nag ydyn nhw.' Yna, cydiodd mewn dilledyn, fflimsi iawn yr olwg, a'i roi ar y bwrdd smwddio o dan drwyn ei Weinidog. 'Fydd dim isio i chi fod yn rhy *fussy,* cariad, hefo'r *sleeves,* achos fydda' i isio rhoi'r *wings* i mewn yn nes ymlaen. Felly, *iron away!*'

Wrth smwddio a smwddio, cafodd y Gwenidog ddigon o gyfle i holi Cecil am natur y ddrama a oedd ganddo ar y gweill. Wedi gweld y llanw wedi mynd mor bell allan ofn pennaf Ceinwen ac yntau oedd i hanes cysegredig y Geni gael ei wneud yn ffars a byddai hynny'n loes calon i'r ddau.

'Nid drama fydd hi, felly?'

'*Tableau viants,* Mistyr Thomas,' meddai'r pwythwr a'r acen yn berffaith.

'O,' atebodd y Gweinidog a'i Ffrangeg yn ddim mwy nag ambell *oui oui* ar wyliau haf ac yn meddwl sut y llwyddai Ifan Jones i gyhoeddi'r fath beth y Sul canlynol.

'Peidiwch â phoeni, siwgr, mi fydd pob *tableau,* yn *attire* y cyfnod, yn deud y stori heb ddeud dim.'

Yn groes i'r graen, treuliodd Eilir y ddwyawr nesa' yn dal ati i smwddio dillad angylion ac yn gwrando ar Cecil yn berwi am hyn ac arall ac yn rhoi'i hyd a'i led i bawb a phopeth, 'Ma' teulu'r Shamus Mulligan 'na, Mistyr Thomas bach, fel *rabbits.* Ma' nhw wedi ordro hannar cant o siwtiau angylion *as it is,* a rŵan ma' nhw wedi ca'l hyd i bump arall oedd ar goll pan oedd y mamau yn trio'u cyfri nhw, *first time round.*'

'Oes yna blant er'ill i fod yn angylion, ar wahân i deulu Shamus?' holodd y Gweinidog yn obeithiol.

'*Doubtful.* A dowch i mi ddeud wrthach chi,' a daeth Cecil i wynt ei Weinidog yn sent i gyd, a dechrau sibrwd, 'A dyna i chi Biddy, sy'n golchi llestri, *next room.*'

'Chwaer Nuala . . . a'r lleill.'

'M! Ma' nhw'n deud i mi 'i bod hithau *in the family way.*'

'Ydi hi?' atebodd y Gweinidog, yn osgoi cymryd ochr.

'Ond hwyrach y cewch chi olwg arni i mi, unwaith y byddwch chi wedi darfod smwddio. *You would know.*'

Bu Eilir yn smwddio mewn tawelwch am ychydig a Cecil yn dal i bwytho, ond roedd hi'n amhosibl cau hopran y torrwr gwalltiau am yn hir, 'A wyddoch chi be' arall, Mistyr Thomas?'

'Ia?' a'i fraich chwith yn drwm fel plwm erbyn hyn.

'Y William Howarth 'na wedyn, isio bod yn un o'r *astronauts.*'

'Doethion.'

'*Pardon?*'

'Un o'r doethion.'

'*That's what I mean.* Wel faint o ddefnydd fydda' isio i

'neud ffrog iddo fo, *may I ask?* Ma'i *girth* o, Mistyr Thomas, yn *fifty inches*. Pan fydd o'n tynnu'i wynt i mewn.'

Ac felly bu hi am ddwyawr hir, y Gweinidog yn dal i smwddio yn ôl ac ymlaen, yn ôl ac ymlaen, a Cecil yn dal i glebran mewn mwngreliaith nad oedd na Chymraeg na Saesneg ac oglau llosgi lond yr ystafell gyfyng: yr haearn smwddio, 'drwy ofer esgeulustod' y smwddiwr wedi gorboethi a throi dwy ffrog angel yn ddau golsyn.

Dim ond wedi iddo smwddio a phlygu'r dilledyn olaf un y cafodd Eilir ei draed yn rhydd. ''Dw i *yn* mynd rŵan, Cecil.'

'Be' am roi hem i mi ar un o'r ffrogia' 'ma, Mistyr Thomas?'

'Diolch am y cynnig, ond pnawn da!'

'Dyna ni 'ta', ebe Cecil yn ddigon anniolchgar. 'Ond cofiwch ddeud wrth Musus Thomas 'mod i'n dal i feddwl ma' hi ddyla' fod yn Madonna. *She's got the complexion.*'

Bu'n rhaid i Eilir ffendio'i ffordd ei hun allan heb gymaint â chynnig cwpanaid o goffi, a Cecil yn dal i bwytho, a phwytho, a phwytho.

*　　*　　*

Pan oedd y Gweinidog a'i wraig yn prysuro i lawr y 'grisiau mawr' i gyfeiriad canol y dref, o fewn clyw i'r hyn a oedd yn digwydd ond heb fedru gweld y gweithgareddau, clywodd y ddau sŵn band yn rhwyfo'i ffordd drwy *Dawel Nos* a'r 'nos' honno yn un stormus enbyd.

'Oli Paent,' meddai Eilir wrth Ceinwen, 'a Band y Lijion.'

'A'u hannar nhw wedi meddwi, 'swn i'n ddeud. Be' oedd ar ych pennau chi yn gofyn iddyn nhw?'

'Y Cyngor Tre, Cein bach, nid fi.'

Oliver Parry, a rhoi'r enw a oedd iddo ar lyfrau'r capel, oedd arweinydd Band y Lleng Brydeinig. Ac yntau un noson ymhell o fod yn sobr, fe'i perswadiwyd i gymryd at arwain y band a gyfarfyddai yn stafell gefn y 'Fleece' bob nos Iau. Y broblem gydag Oli Paent oedd ei gael i'r cywair priodol i fedru arwain o gwbl; wedi yfed gormod byddai'n cyflymu'r amseriad gymaint nes byddai'r bandwyr allan o wynt ar y dechrau ond o beidio ag yfed o gwbl byddai'r canu'n fynwentaidd araf. O gael Oli i'r pwynt canol gallai'r Band fod yn agos i dderbyniol.

Pan oedd *Dawel Nos* ar ddod yn fore trawodd y Band *Old MacDonald Had a Farm* nes bod teulu'r buarth yn clochdar ac yn brefu'i hochr hi.

O sefyll ar stepiau siop ddillad yr Afr Aur, ychydig i fyny'r stryd, gallai'r ddau wylio'r ddrama heb fod yn boenus o agos i'r chwarae a chlywed ambell sylw a godai o'r dorf a safai o'u blaenau.

Safai'r gwahanol 'tableaux', chwedl Cecil, yma ac acw ar hyd y stryd yn disgwyl eu twrn i ddod o dan fargod y *Lingerie Womenswear* a oedd yn llwyfan i'r ddrama: twr o fugeiliaid rhynllyd yr olwg â'u cefnau ar ffenest siop lysiau Moi Tatws; tri o ddoethion yn y pellter, wrth bympiau petrol Garej Glanwern, yn pwyso ar hers yr Ymgymerwr a Howarth yn amlwg foliog yn eu plith. Dim ond pen a gwddw'r mul benthyg a oedd i'w weld ym mhen ucha'r stryd, gyferbyn â Tesco, ond roedd y lleng angylion, rhai'n sefyll a rhai'n sefyll ar feinciau tu cefn iddynt, ar y llwyfan yn barod a'r ddrama wedi hen ddechrau. Y ddrama amlycaf oedd y Tad Finnigan, yn cerdded yn ôl a blaen, yn bennoeth, ac yn waldio ambell angel â'i het i geisio cael gwell ymddygiad.

'Eil,' sibrydodd Ceinwen.

'Ia?'

'Lle ma' Gabriel?'

'Lle ma' pwy?'

'Wel, Cecil 'te.'

Yn reddfol, cododd y Gwenidog ei ben a dyna'r foment y gwelodd yr hyn na allai fod wedi peidio â'i weld – clamp o jac codi baw, melyn, a'r geiriau 'Shamus O'Flaherty Mulligan a'i Feibion' wedi'u llythrennu ar y jib. Yna, gwelodd Gabriel, 'Fan'cw, Ceinwen.'

'Yn ble?'

'Weli di'r jac codi baw 'na?'

'Na wela . . . o, gwela'.'

''Drycha i fyny. Weli di be sy'n y bwcad?'

'Y nef a'n gwaredo! Fan'na ma' Gabriel?'

Dim ond pen ac adenydd Cecil a oedd i'w gweld uwch ymylon y bwced, yn amlwg yn cyfarwyddo'r chwarae o'r uchder penfeddw hwnnw ac yn actio Gabriel yr un pryd.

'A Ceinwen.'

'Ia?'

'Weli di pwy sy' yn y cab?'

Roedd Shamus yn amlwg wedi gweld y Gwenidog a'i wraig, yn chwifio'i freichiau i'w cyfeiriad ac yn gwneud siâp ceg a awgrymai i Eilir, 'Neis gweld chdi, Bos'.

Y criw bugeiliaid oedd y grŵp cyntaf i gerdded i'r llwyfan.

'Nid Ifan Jones ydi hwnna?' holodd Ceinwen, yn gweld hen fugail, dipyn o oed, yn llusgo tu ôl i'r gweddill ac yn cario oen tegan o dan un fraich.

'Wel ia. O leia', mae o'n gw'bod mwy am ddefaid na neb arall.'

'Ma' hwn,' ebe un o'r ddau barot a safai o'u blaenau, yn cyfeirio at Ifan Jones, 'wedi bod 'allan yn y maes liw nos' am flynyddoedd lawar.' Roedd y parot yn amlwg yn gyfarwydd â'i Feibl.

Plygodd y bugeiliaid ar eu deulin a'r band yn chwarae'r hen alaw *Roedd yn y Wlad Honno* yn dyner ddigon. Yna, cododd y Bugeiliaid, fesul un ac un, a mynd i mewn i'r *Lingerie*

*Womenswear,* yr allanfa ar gyfer yr actorion. Ond roedd un bugail yn dal ar ei ddeulin. Oedodd y dyrfa rhag curo dwylo rhag ofn fod y penlinio hir yn rhan o'r perfformiad.

'Ydi'r hen Ifan yn iawn?' holodd Ceinwen yn bryderus. 'Mae o ar 'i ben-gliniau'n hir ar y naw. Ac mae o'n diw i ga'l pen-glin newydd gyda hyn.'

Ymhen dipyn, blinodd Ifan Jones ar y penlinio gorfodol. Lluchiodd ei ffon a'r oen swci i'r naill du, gwthiodd ddau fys rhwng ei wefusau a rhoi chwibaniad dyn-cŵn-defaid nes rhwygo'r awyr. Golygfa gomig oedd gweld dau fugail, a'r rheini ar hanner dadwisgo, yn dod allan o'r *Lingerie* i gael Ifan ar ei draed a'i ddarn lusgo i'r stabl.

''Ti'n nabod y ddau arall?' holodd Ceinwen pan oedd y doethion yn dechrau cerdded o gyfeiriad yr hers yn drwmlwythog o anrhegion.

'Howarth 'te, y fo sy' ar y blaen.'

'Wn i. Naboda'i fol hwnnw yn r'wla. Y ddau arall.'

'Mi ddeudwn i ma' Hopkins y Banc sy' ar y chwith, yn ôl 'i gerddediad. Nid Fred Phillips, yr adeiladydd, ydi'r llall?'

'Mae o'n rowlio cerddad fel tasa' gynno fo fag o sment rhwng 'i goesau.'

'Hwyrach bod gynno fo, Cein.'

Roedd un o'r ddau barot, yn ogystal, wedi nabod y tri ac meddai'n fwriadol grafog, uchel, 'O'r lodj ma' rhein yn dŵad, hogia', nid o'r dwyrain.' Cododd cryn chwerthin o blith y rhai a safai yn ddigon agos i fedru clywed.

Canodd yr angylion, fel y dylai angylion ganu – ond yn Saesneg, gwaetha'r modd – a hynny'n ddigyfeiliant; y Tad Finnigan yn arwain gyda'i het, a'i lygaid yn hawlio cydweithrediad neu burdan. Yr unig beth i dynnu oddi wrth y datganiad oedd bod un o'r angylion wedi llwyddo i ddringo a chydio yn yr arwydd a grogai ar fur y *Lingerie Womenswear.* Dyna lle'r oedd yr angel hwnnw yn swingio wrth yr arwydd i gyfeiliant y canu, er mawr foddhad i 'Taid Shamus'.

Yna, o dueddau Tesco dechreuodd y mul bach drotian i

gyfeiriad y llwyfan – un a gynrychiolai Mair yn ei farchogaeth a Joseff, annisgwyl o fyr, yn ei arwain wrth benffrwyn. Fel roedd y triawd yn dynesu dechreuodd y dyrfa fwmian ei chymeradwyaeth. Roedd hi'n olygfa gredadwy a dwyreiniol yr olwg. Dotiai pawb at bertrwydd y mul a thlysni rhyfeddol y ferch, amlwg feichiog, a'i marchogai, ac at liw croen Iddewig y sawl a actiai Joseff.

''Dydi o'n ddigon o ryfeddod,' sibrydodd Ceinwen.

'Pwy? Joseff?'

'Y mul!'

'O.'

Dyna'r foment y nabododd Ceinwen y Joseff byrgoes, 'Ond, Jac Black 'di o.'

'Be'?'

'Joseff ydi Jac.'

'Y?'

'Y . . . Jac ydi Joseff.'

'Dyna i ti be' 'di hyfdra.'

Erbyn hyn, roedd y ddau barot wedi nabod y cymeriad yn y benwisg ddwyreiniol a'r farf osod, 'Diawl, Jac ydi hwnna.'

'Be,' meddai'i bartner, 'oedd yna ddim dau ful yn y stori wreiddiol?'

Rhoddodd y parot mwyaf swnllyd o'r ddau ei ddwylo yn gwpan o amgylch ei wefusau a gweiddi. 'Lle 'ti'n lletya heno, Jac, yn y 'Fleece'?'

'Doedd dim angen dyfalu pwy oedd Mair. 'Doedd 'Taid Shamus' dri chwarter allan o gab ei Jac Codi Baw a'r angylion yn gweiddi 'Biddy' nerth eu pennau.

Edrychai Biddy'n bictiwr o dduwioldeb, yn actio'r part i'r dim: y llygaid duon yn llawn gwefr a disgwyliad merch ar esgor ei chyntaf-anedig a'r croen lliw coffi'n toddi'n hyfryd gyda'r benwisg wen a'r ffrog las ysgafn a wnïodd Cecil ar ei chyfer. Wedi cyrraedd drws ffrynt y *Lingerie Womenswear* dechreuodd y mul bach anesmwytho. Roedd o'n nabod rhai o'r angylion a'i marchogai yn nwydwyllt ar hyd y llethrau ac yn cofio am y moron a'r bisgedi a dderbyniai oddi ar eu dwylo yn wobr am eu cario; roedd yr angylion, hwythau'n dechrau galw'i enw – Gilbert. Dyna ddechrau'r diwedd.

Pan ddaeth yn amser i Gabriel ymddangos, pwysodd Cecil dros ymyl y bwced a gweiddi, yn ddigon uchel i Shamus glywed, 'Action!'

Neidiodd Mulligan i un o'r lifrau, yn rhy gyflym braidd. Cyn i Gabriel gael dweud 'henffych!' daeth y bwced i lawr tua'r ddaear gyda sydynrwydd mawr. O weld hynny cydiodd Shamus mewn lifer arall nes stopio'r bwced yn rhy stond a lluchiwyd Gabriel dros ei hymyl i ganol y lleng angylion er mawr ddifyrrwch i'r rheini.

Disgyniad yr angel oedd y ciw i Oli Paent roi bloedd ar utgorn. Tybiodd y mul fod diwedd byd mulod wedi cyrraedd a charlamodd i fyny'r stryd i gyfeiriad yr Harbwr, ei gynffon yn rheffyn yn yr awyr a Biddy druan yn cydio'i gorau yn ei fwng ond yn cael ei chodi a'i gostwng fel io-io. Rhedodd Joseff ar eu holau am ychydig lathenni, yna gollyngodd ei afael yn y penffrwyn a throi i mewn i'r 'Fleece' i dorri'i syched heb gymaint â diosg ei benwisg na thynnu'i farf. Oherwydd anwybodaeth Feiblaidd enbyd, a diffyg chwaeth, tybiodd rhai mai dyna'r ffinale a fwriadwyd a dechreuodd y dyrfa ystwyrian ac yna wasgaru.

Trodd Eilir at Ceinwen, 'Awn ni?'

'Gynta' posib'.'

Cychwynnodd y ddau yn ôl i gyfeiriad y 'grisiau mawr' dan sgwrsio.

''Sgin i ond gobeithio, Cein, bod Hubert dy frawd yng nghyfraith, wedi ca'l gwell mul tua Camelford 'na.'

''Sgin innau ddim ond gobeithio na fydd Biddy, druan, ddim gwaeth, o gofio'i chyflwr hi. Diolch i Oli Paent a Band y Lijion.'

Wrth nesáu at y tŷ aeth pethau'n dynn braidd rhwng y ddau; Eilir yn beio Ceinwen am yrru'r cwch i'r dŵr yn y lle cyntaf a hithau'n beio'i gŵr am beidio ag atal pethau cyn i'r llanw godi.

'Ceinwen,' meddai'i gŵr wrth wthio'r allwedd i'r twll clo, ''dw i'n difaru braidd na fyddwn i wedi derbyn cynnig Meri Morris.'

'Be' 'ti'n feddwl?'

'Ac wedi ordro camal.'

*    *    *

Roedd prysurdeb y Dolig wedi chwythu'i blwc a phethau'n dechrau cymedroli. Aeth Goronwy Meilir – mab Eilir a Ceinwen – a'i deulu yn eu holau i Gaerdydd ac aeth sagâu am y mul a styrbiwyd a chwymp 'Gabriel' yn hen straeon wedi colli'u hymff. Erbyn hyn, roedd eraill wedi baeddu'u clytiau a rhempau y rheini'n destun siarad i drigolion Porth yr Aur.

Daeth y Gweinidog adref, rai dyddiau wedi'r Nadolig, â gwên ar ei wyneb ac un debyg yn ei galon, 'Ceinwen!'

'Lle 'ti wedi bod?'

'Bicis i i'r ysbyty i weld hwn ac arall. A wyddost ti pwy oedd yno?'

'Ifan Jones,' meddai honno, yn mynd i gwrdd â gofidiau fel arfer, 'wedi ca'l pen-glin newydd.'

'Na, ma'r hen Ifan yn dal yn y wlad hefo'r mab a'r teulu.'

'Pwy wel'is ti 'ta?'

'Biddy.'

''Mheth bach i. Y mul wedi'i thaflu hi a hithau wedi torri'i breichiau a . . .'

'Ddim o gwbl. Roedd hi yn bictiwr o iechyd, bob asgwrn yn gyfa', a'r babi bach tlysa' 'rioed yn gorffwys yn 'i chôl hi.'

''Ti 'rioed yn deud.'

''Roedd hi wedi meddwl ca'l 'i eni fo yng ngharafan 'Taid Shamus', medda' hi, ond bod hi'n brin o le yno.'

'Y reid bympti-di-bymp ar y mul wedi prysuro'r geni ma'n debyg.'

'Bosib'. Ond roedd 'i hamsar hi'n agos fel roedd pethau.

33

Welist ti ddim peth bach delach fawr 'rioed. Mop o wallt fel mat coco gynno fo.'

'Wyddost ti be', Eilir,' meddai'i wraig, wedi eiliad o fwlch yn y siarad, 'fe ddaeth y Dolig i Borth yr Aur 'leni, wedi'r cwbl.'

'Diolch i Oli Paent a Band y Lijion!'

## 2. *MISS PRINGLE A'R TATŴ*

'Glywsoch chi?' holodd Meri Morris, y wraig ffarm gydnerth, a lluchio sachaid hanner can cilo o flawd gwartheg o lwyfan-llwytho warws Amaethwyr Arfon i drwmbal y pic-yp a gwneud hynny mor ddidrafferth â phetai hi'n handlo paced o greision.

'Clywad be?' holodd y Gwenidog.

'Am Jac Black.'

'Naddo.'

''Dydi'r hen dlawd ddim yn fo'i hun, o bell ffordd,' meddai Meri, yn dosturiol. 'Roedd Cliff Pwmp – Clifford Williams felly – yn deud wrtha' i, chwartar awr yn ôl, ma' prin y basa neb yn 'i nabod o erbyn hyn.'

Cerddodd hen ias annifyr i lawr meingefn y Gweinidog wrth glywed y fath newydd annisgwyl. Wedi'r cwbl, roedd y ddau ohonyn nhw yn dipyn o lawiau. 'Ydyn nhw wedi mynd â fo i'r 'sbyty?'

'Na. Yn ôl Cliff, fydda' lle felly fawr o help i rywun yn 'i gyflwr o.'

Aeth yr ias yn gryndod. 'Deudwch i mi, Meri Morris, pryd digwyddodd hyn i gyd?'

'Rhyw naw d'wrnod yn ôl.

35

Ne' felly roedd Cliff yn recno.' A lluchiodd Meri un sachaid boliog arall yn falast ar gefn yr hanner dwsin neu well a oedd yno'n barod.

'Ydi pobol yn ca'l galw i'w weld o?'

'Rhaid i chi faddau i mi', meddai Meri gan sboncio i lawr yn ysgafndroed o'r llwyfan-llwytho, sychu'i dwylo yn ei jyrsi a thynnu'i hun i fyny i gab y pic-yp. 'Mi fydd yn rhaid i mi 'i throi hi rŵan, ne' mi fydd Dwalad 'cw wedi mynd i chwalu slyri a 'sgin innau ddim goriad i fynd i'r tŷ.' A rhai blêr felly oedd Meri a Dwalad Morris, Llawr Dyrnu.

'Ond pa afiechyd yn union sy' ar Jac?' Mygwyd cwestiwn y Gweinidog a'i guddio yntau mewn cwmwl o fwg dulas wrth i Meri danio'r *Daihatsu* rhydlyd a'i ramio i'w gêr. Pan lwyddodd Eilir i ffeindio'i ffordd allan o'r cwmwl, roedd y pic-yp yn tisian ei ffordd i fyny stryd fawr Porth yr Aur a rhuban o fwg egsost afiach yn dolennu o'i ôl.

Wrth fynd ymlaen ar ei daith bu Eilir yn ddigon ffodus i daro ar Oli Paent, cydbotiwr â Jac, yn camu allan o'r 'Fleece' wedi'i lymaid awr ginio; beret glas ar ei ben, ofarôl gwyn wedi'i orolchi, rholyn o bapur papuro o dan un gesail a thun litr a hanner o baent yn hongian wrth y fraich rydd.

'Ydi Jac, Jac Black felly, yn well?' holodd, yn cymryd arno'i fod yn hen gyfarwydd â'r stori.

'Gwell ddeudsoch chi?'

'Ia.'

'Gwaeth o beth cythra'l 'swn i'n ddeud.'

''Ddrwg gin i glywad hynny.'

'A finnau. 'Does yna'r un o'i draed o wedi bod dros drothwy'r 'Fleece' 'ma ers dros bythefnos. Ma' MacDougall,' a chyfeirio at berchennog y dafarn lle'r arferai Jac ac yntau dorri'u syched, 'ofn drwy'i ben ôl i'r hwch fynd drwy'r siop. Roedd rhywun yn deud, gynna', 'i bod hi'n cysgu neithiwr wrth ddrws O'Hara'r Bwci. 'Dydi'r ddau le, fel medrwch chi ddychmygu, wedi colli un o'u cwsmeria'd gorau.'

'Deudwch i mi, Olifyr Parri, be' yn union sy' wedi taro Jac?' holodd y Gweinidog yn awyddus i ddod o hyd i galon y gwir. 'Wedi ca'l annwyd mae o?'

'Annwyd?' wfftiodd y peintiwr. 'Gwaeth lawar na hynny. Ond ma' MacDougall yn weddol siŵr nag ydi'r peth ddim yn catshin.'

'Wel, ydi hi'n ddiogel i mi alw i'w weld o?'

'MacDougall felly? Ydi'n tad. Piciwch i mewn rŵan am un bach. Chewch chi ddim peint â llai o ffroth ar 'i ben o yn y dre 'ma i gyd.'

'Na. Galw i weld Jac o'n i'n feddwl.'

'O! Galw heibio i Jac oedd gynnoch chi mewn golwg? Cwbl saff, faswn i'n ddeud. Effeithith o ddim ar rywun fel chi. Mi rydach chi bownd o fod yn imiwn i'r peth.'

'O?'

'Y peryg' mawr ydi i chi 'i roi o i rywun arall. O ran hynny, hwyrach ma' chi cariodd o i Jac yn y lle cynta'.'

Ceisiodd Eilir ddwyn i gof yn gyflym pryd ac ymhle y trawodd ar Jac Black ddiwethaf a cheisio dyfalu, yr un pryd, pa bla heintus a gariai yn ei gorff. 'Be'? Y fi wedi rhoi afiechyd i Jac?'

'Er deud ma' nhw, ma'r ddynas sy'n byw drws nesa' iddo fo gariodd y jyrm.'

'Miss Pringle.'

'Bosib'. Ylwch, rhaid i mi'ch gada'l chi. Mi wn i bod gynnoch chi ddigon o amsar ar ych dwylo. Ond wedi i mi ga'l sac gin y cownsil, a mynd yn breifat, ma' pob eiliad yn cyfri.' Cerddodd ymaith hefo'r tun paent a'r papur papuro. Wedi mynd gam neu ddau, trodd yn ei ôl a gweiddi, 'Os gwelwch chi'r hen Jac, deudwch wrtho fo bod Oli Paent yn holi'n ddiawledig amdano fo.'

'Mi 'na i, Olifyr Parri.'

'Thenciw.'

*    *    *

Wedi bustachu i agor clicied dôr gefn 2 Llanw'r Môr, disgyn i lawr tri gris wedi'u smentio'n beryglus o anwastad, camu dros y *Suzuki* a oedd ar hanner ei drin a chroesi'r hances boced o goncrit a alwai Jac yn ardd gefn, cyrhaeddodd y Gweinidog at y drws cefn. Rhoddodd gnoc ar y drws, un ystyriol o gofio gwaeledd y tenant.

Tra'n disgwyl am ateb taflodd gip i gyfeiriad y ffenest a chafodd sioc. Ar sil y ffenest, yn union o dan rwydwaith o we pry cop, ac wedi'i lythrennu mewn coch rhybuddiol ar ddarn o gardbord roedd yr arwydd:'Dim Rhegi yn y Tŷ Hwn'. Rhaid, felly, bod Jac yn beryglus o wael. Rhoddodd gnoc arall, ysgafnach, rhag ofn styrbio'r claf yn ormodol.

Lluchiwyd y drws yn llydan agored a safodd Jac yn y ffrâm, yn bum troedfedd a hanner sgwarog, yn ei fest ac yn nhraed ei sanau ac yn edrych yn bictiwr o iechyd. 'Diawl, chi sy'na? Ro'n i'n meddwl 'mod i'n clywad rhywun yn waldio'r drws. M? Dowch i mewn. Os oes gynnoch chi'r amsar.'

'Wel, am eiliad.'

'Sgiat!' a disgynnodd cath lliw sunsur o'r gadair freichiau a cherdded yn deigr i gyd i ailorwedd yn hamddenol ar y garreg aelwyd.

''Steddwch.'

'Diolch i chi.'

'Ma' Cringoch yn ddigon glân.'

'Ydi, debyg,' ac eistedd.

'Ond bod o'n gythra'l am golli'i flew.'

Ar un gongl i'r bwrdd roedd yna blât ac arno damaid o dost wedi'i orgrasu, llond mwg o de llugoer iawn yr olwg a chlamp o dun syrup a chyllell yn hwnnw wedi suddo at ei charn.

'Rhaid i chi esgusodi'r llanast. Wrthi'n ca'l fy mrecwast ro'n i.'

'Brecwast?' holodd y Gweinidog gan esgus edrych ar ei wats. 'Ond ma' hi wedi troi dau.'

'Sut medrwn i 'i ga'l o'n gynt? 'Dydw i wedi bod mewn cwarfod gweddi drwy'r bora.'

'Cyfarfod gweddi?'

'Hefo Miss Tingle.'

'Pringle.'

'Y?'

'Miss Pringle 'dach chi'n feddwl? Hi sy'n byw drws nesa' i chi.'

'At honno 'dw i'n cyfeirio 'te,' atebodd Jac yn dechrau tynhau. 'Dew, dyna i chi be' ydi dynas agos i'w lle.'

'Ia . . . debyg.'

Roedd moesau Miss Pringle, mae'n amlwg, yn apelio mwy at Jac Black nag at y Gweinidog. 'Doedd neb yn siŵr iawn pa wynt croes a chwythodd Bettina Pringle i Harbwr Porth yr Aur flwyddyn neu ddwy ynghynt, a pheri iddi ollwng angor yn rhif 3 Llanw'r Môr, am y pared â Jac. Gwraig yn ei phedwardegau cynnar oedd hi ond yn edrych yn llawer hŷn na hynny, yn fain fel weiren ffiws, gyda gwallt wedi gwynnu'n gynnar yn gynffon merlen i lawr i hanner ei chefn a bob amser yn gwisgo gwlân. Un o argyhoeddiadau Miss Pringle oedd y dylid adfer y greadigaeth a gwneud hynny cyn gynted â phosibl. Yr argyhoeddiad hwnnw, mae'n debyg, a'i gyrrodd i agor nyth llygoden o siop bwyd iach ym mhendraw'r Harbwr yn gwerthu cawsiach a chnau, yn bennaf, a siocled heb siwgr a halen heb heli. O ran ymddangosiad, hysbyseb wael iawn i'w busnes oedd Bettina ei hun, yn llwyd fel lludw ac yn edrych yn union fel petai'r caws gafr y credai gymaint ynddo yn rhedeg drwyddi fel dŵr drwy beipen.

Yn fuan wedi landio yn y dre, ymunodd â'r ddiadell fechan, frwdfrydig a gyfarfyddai yn y 'Capel Susnag' ym mhendraw'r Harbwr a chynyddu brwdfrydedd yr achos hwnnw gan gradd neu well – a hynny dros nos. Porthai'r addoliad gydag arddeliad, dyrchafai ei breichiau i entrych nef pan gynhyrfid hi i wneud hynny a chlapiai'n llawen i rythmau'r tonau sionc a genid yno. Clywodd Eilir fod ganddi'r gallu i 'lefaru â thafodau' er na chlywodd mohoni'n ymarfer y ddawn honno. O ran enw, 'doedd hi ddim yn aelod yn y 'Capal Susnag'; rhoddai'i theyrngarwch, a chryn symiau o arian, yn ôl hwn ac arall, i sect efengylaidd â'i phencadlys yn America – *The Fish Fellowship.*

'Deudwch i mi, Jac,' holodd y Gweinidog, wedi gweld bod y claf mewn symol iechyd, 'be'n union sy' wedi digwydd i chi? Ma' pawb yn sôn amdanoch chi.'

'Wedi ca'l tröedigaeth ydw i 'te.'

'Wedi ca'l tröedigaeth?' a thôn y llais yn awgrymu anghrediniaeth. 'Sut?'

'Trwy'r post.'

'Trwy'r post?'

'Wel, a thrwy Miss Tingle. Dyna i chi be' ydi ledi,' broliodd Jac, eilwaith, yn ailgydio yn y salm foliant. 'Dynas nobl. Hi, ylwch, rhoth fi mewn cyffyrddiad hefo fy nghydgristnogion yn y Merica. 'Pobol y Pysgod' fel bydda' i'n cyfeirio atyn nhw.'

'Be', dyna ydi'r llun pysgodyn 'na s'gynnoch chi ar y silff ben-tân?' a phwyntio.

'Ia siŵr. Mi fuo yn y ffenast ffrynt gin i am gyfnod. Ond 'doedd yna ryw fisitors diawl yn curo ar 'y nrws i, bob pishiad, yn gofyn o'n i'n gwerthu ffish.' (Ac roedd hi'n amlwg nad oedd y dröedigaeth ddim wedi cyrraedd tafod Jac Black.)

'Yr ichthws ydi'r pysgodyn yna,' eglurodd Eilir yn dangos mymryn ar ei blu diwinyddol.

'Naci, pennog 'di o,' cywirodd Jac yn siarp.

'Na, na. Ichthws oedd yr arwydd fydda'r Cristnogion cynnar yn 'i ddefnyddio . . .'

'Bosib' iawn,' ebe Jac ar ei draws, 'ond penogyn ydi hwnna, yn saff i chi. 'Dydw i wedi torri pennau ac agor boliau heigiau ohonyn nhw yn f'amsar.'

Penderfynodd y Gweinidog beidio â dadlau ymhellach ynghylch rhywogaeth y pysgodyn papur. Trodd ffroen y sgwrs i gyfeiriad arall, 'Fedrwch chi sôn am ych profiad wrtha' i?'

'Na fedra'. Ond mi fasa' Miss Tingle, 'tasa hi yma, yn medru 'i adrodd o fel ruban.'

'Ond ych tröedigaeth chi ydi hi, Jac. Nid un Miss Tingle . . . y Miss Pringle felly,' a chafodd y Gweinidog ei hun yn merthyru'r enw.

'Wn i hynny,' cytunodd Jac, yn gweld ei hun yn mynd i'r wal. 'Mae o gin i yn rwla ac mi faswn i'n 'i ddangos o ichi oni bai 'mod i ar ganol b'yta 'mrecwast. Mi ce's i o o'r Merica ar dama'd o bapur. Ond mi gostiodd sawl *tia maria* i mi i dalu amdano fo,' ychwanegodd a syched llo newydd ei ddyfnu yn ei lygaid. 'Heblaw fydda'i ddim yn yfad rŵan.'

'Ma'ch byd chi wedi newid felly, Jac?'

'O yn gythra'l. Wedi'i droi â'i din am 'i ben a deud y gwir. Dim ond caws a chnau fydda' i'n f'yta.'

'Tewch chithau.'

'Ac ma' hi'r un fath yn union ar Cringoch 'ma,' a phwyntio at y gath. ''Dydi'r hen dlawd ddim wedi gweld tama'd o sgodyn er y dydd y landiodd fy nhröedigaeth drwy'r twll llythyrau.'

'Ond ydi hynny'n deg â'r gath?' gofynnodd y Gweinidog yn dechrau poeni am iechyd yr anifail.

'Tydi a dy holl dylwyth ma'r Beibl yn 'i ddeud,' pwysleisiodd Jac, wedi dysgu'r iaith yn gyflym. 'A Chringoch ydi'r unig deulu s'gin i.'

'Wela' i.'

'Ac ar y Sul mi fydda' i'n 'i gau o yn y lle chwech.'

'Cringoch, felly?'

'Ia siŵr. 'Cofn iddo fo dorri'r Sabath 'te.' O weld y niwl ar wyneb y Gweinidog brysiodd Jac Black i roi'r bennod a'r adnod iddo, 'Wel, 'tydi'i ddisgynyddion o fel chwain hyd y dre 'ma. Ac ar y Sul, pan ma'na lai o geir o gwmpas, mae o'n gneud y damej mwya'.'

Dyna'r pryd y sylwodd Eilir ar yr anferth o Feibl Pulpud hynafol a oedd yn agored ym mhen arall y bwrdd. Daliodd Jac y Gweinidog yn edrych i'r cyfeiriad ac aeth ati i egluro, 'Yn 'y

Meibl 'rydw i rŵan o fora gwyn tan nos.'

'Wel ardderchog.'

'Ond 'mod i'n ca'l strygl garw i' ddallt o.'

Cododd y Gweinidog i gael cip ar y gyfrol, 'Ond mi rydach chi'n dechrau mewn lle anodd, Jac, *Llyfr Cynta' Cronicl*. Dim ond plastar o enwau brenhinoedd gewch chi mewn lle fel'na.'

'Dechrau ddeutsoch chi?' meddai Jac, yn flin. 'Diawl, wedi cyrraedd i fan'na 'dw i 'te! Deudwch i mi,' holodd, yn meirioli peth, 'be' 'di ystyr 'Gwaf'? Mae o yma sawl tro.'

"Gwaf'?' Craffodd y Gweinidog ar y tudalennau. 'O! 'Gwas'. Yn yr hen orgraff ma' hwn, Jac. Ma' pob 's' yn debyg i 'f'. 'Gwas', dyna ydi'r gair.'

'Biti gythra'l na fasa' rywun wedi deud wrtha' i, dridiau ynghynt.'

'Ylwch, mi ddo'i ag argraffiad mwy diweddar i chi.'

'Diolch i chi am y cynnig ond mi fydd yn well gin i stryglo hefo hwn.'

'Pam hynny? Ma'r un newydd yn ganmil haws i'w ddallt.'

'Nain, yr hen garpan, oedd piau fo.'

'O! Wela' i,' ac roedd calon y Gweinidog yn cynhesu o feddwl am barch un o hynafiaid Jac i'r Ysgrythur a'i barch yntau i dduwioldeb ei nain.

'Hwn fydda'r hen dlawd yn roi yn erbyn y drws ffrynt, ylwch, pan fydda' hi'n benllanw a'r môr yn debyg o ddŵad o dan y rhiniog.'

Wedi cyrraedd yn ôl i'r llain concrit a chlywed yr un a gafodd y fath dröedigaeth ebrwydd yn dal i regi fel milwr ar farch, penderfynodd Eilir y dylai, o leiaf, ei gyfeirio at yr arwydd yn y ffenest, 'Falch o weld hwn gynnoch chi, Jac.'

'Y sein yna 'dach chi'n feddwl?'

'Ia.'

'Gin i un arall yn y ffrynt. Mewn print mwy . . . ac yn Susnag.'

'Ond ma' isio pig glân i ganu,' mentrodd y Gweinidog.

'Oes, debyg,' ond heb weld yr ergyd. 'Diawl, dda gin

innau, mwy na chithau o bosib', glywad neb yn rhegi.'

'Ond 'dach chi newydd 'neud!'

'Na na, 'dach chi'n 'nghamddallt i, rŵan. Clywad pobol er'ill yn rhegi, dyna sy' gas gin i.'

Gwyddai'r Gwenidog na fyddai waeth iddo bregethu wrth y wal ddim a hwyliodd i ymadael. 'Dyna fo, os medra' i fod o ryw help i chi yn ych bywyd newydd dowch i 'ngweld i.'

'Diolch i chi. Hwyrach y bydd raid i mi ddŵad i chwilio amdanoch chi 'tasa Miss Tingle 'ma'n digwydd mynd ar 'i holides.'

'O! Gyda llaw, mi wel'is i Olifyr Parri. Mae o'n dymuno ca'l 'i gofio atoch chi.'

''Rhen Oli,' a daeth hiraeth am y wlad bell i wyneb Jac Black. 'Welsoch chi ddim gwell peintar, 'tasa fo'n digwydd bod yn sobor. Ond mi eith yn chwil dim ond clywad oglau'r corcyn.'

Wrth gerdded yr Harbwr, ofnai Eilir yn ei galon mai tân siafins o dröedigaeth oedd yr un a gafodd yr hen longwr. Dros y blynyddoedd roedd yna sawl chwilen wedi mynd i ben Jac ond yr un ohonynt wedi aros yno'n hir iawn. Wfftiodd at y fath dröedigaeth arwynebol – un a brynwyd ag arian ac a ddaeth iddo drwy'r post– a bu bron iddo droi i mewn i siop Miss Pringle i ddweud hynny wrthi. Eto, gwyddai yn ei galon, o hir brofiad, mai trwy ddirgel ffyrdd roedd yr Hollalluog yn dwyn ei waith i ben. Hwyrach y byddai'r profiad papur a gafodd Jac Black o'r Merica, er mor amrwd yr ymddangosai pethau, yn gyrru'i gwch i borthladd gwahanol ac i well byd.

Prysurodd ymlaen. Byddai Ceinwen uwchben ei digon yn gwrando'r saga am Jac Black ar ffordd Damascus ac yn ei gyhuddo, fel bob amser, o orliwio pethau. A dyna fyddai'r gwir. Unig ddihangfa'r Gweinidog pan fyddai pethau'n drech nag o, ac yntau yn gweld y byd yn gam, oedd chwilio am ochr ddigri'r sefyllfa a mynd am y bocs paent.

*    *    *

Pan ofynnwyd y cwestiwn roedd pen Eilir – yn groes i'w ewyllys a heb ei ganiatâd – at y gwddw mewn llond basn molchi o ddŵr a ffroth. 'Mistyr Thomas, siwgr, *what's it going to be?*' holodd Cecil, 'calon ar ych pen ôl 'ta llun capal *on your chest?*'

Chwythu bybl bwerus drwy'r ffroth oedd yr unig ateb posibl a chymerodd Cecil Siswrn yr ateb fel un cadarnhaol, 'Calon *it will be* 'ta ac mi ro'i enw Musus Thomas, ych cariad chi, *underneath, at a discount.*'

Gydag ymdrech, cododd y Gwenidog ei ben i fyny o'r bowlen, a'i ysgwyd fel sbaniel newydd neidio allan o lyn, nes oedd y lle'n ddŵr i gyd, 'Dim o'r fath beth Cecil. Mi rydw' i yn erbyn yr holl fusnas tatŵio 'ma, fel y gwyddoch chi.'

'Ych collad chi fydd o, del,' meddai Cecil yn siort, 'a chollad Musus Thomas.' Gwthiodd Cecil ben ei Weinidog yn ôl i'r basn molchi, yn ddigon brwnt, nes bod diferion o ddŵr yn goferu dros ymyl y bowlen ac i lawr rhwng ei wddw a'i goler.

'Gyda llaw, 'dach chi wedi meddwl, 'rioed, am ga'l *face-lift?*'

''Rioed!' chwythodd y Gweinidog a'i geg dan y dŵr.

'Wel, *just think*. Mi fydda'n help mawr i ga'l mwy i'r oedfa.'

Halen y ddaear oedd Cecil Humphreys, ar lawer cyfri, ac fe wyddai y Gweinidog hynny'n well na fawr neb. Roedd yn flaenor lliwgar yng Nghapel y Cei ac o dan y merlyn broc roedd yna berson gwir ddefosiynol. Er ei fod yn ferchetaidd ryfeddol ei ffordd ac yn mwngrela'r iaith Gymraeg hyd at frifo'r glust, 'doedd dim o'r llwfrgi yn 'Cec Sis', fel y'i gelwid. Yn wir, roedd yna gryn ddur yn ei waed ac o ddisgyn ar egwyddor glynai ati fel gŵr at ei gleddau. Dyna pam, mae'n debyg, y llwyddodd mor rhyfeddol mewn busnes wedi iddo gyrraedd Harbwr Porth yr Aur – fel o unlle. Fel torrwr gwalltiau merched y gwnaeth enw iddo'i hun ond roedd y siop, erbyn hyn, yn un ddeuryw ac yntau'n cyflogi harîm o lefrod ifanc i siapio a siampwio, i byrmio neu i sychu'n-sych yn ôl ei alwad. Roedd y Tebot Pinc, y tŷ coffi a oedd dan yr unto, yn ffyniannus ryfeddol – y lle derbyniol ym Mhorth yr Aur i foreol goffi neu bryd ysgafn ar awr ginio – a Cecil fel rhyw binocio wrth linyn yn dawnsio'i ffordd rhwng y ddau le. Bellach, roedd ganddo barlwr tatŵio o'r enw 'Fy Heulwen I' (*You Are My Sushine* oedd yr enw Saesneg) o dan yr unto â'r ddau fusnes arall gyda bwlch ychwanegol i gysylltu'r lle hwnnw eto gyda gweddill y gweithgareddau. A phwy ond Cecil a fyddai wedi agor parlwr tatŵio, fel ei ddau fusnes arall, gyda the a sgon a hanner awr o gyfarfod gweddi.

Erbyn sychu gwallt y Gweinidog a'i gribo roedd Cecil Siswrn wedi dod at ei goed. Chwipiodd y brat plastig oddi ar gefn Eilir a dal drych o'r tu cefn iddo, iddo gael gweld y wyrth o'r tu ôl ac o'r tu blaen. 'Be' 'dach chi'n feddwl, cariad?'

Wedi methu ag adnabod y boi diarth a rythai i fyw ei lygaid trodd Eilir ei ben i'r dde i chwilio amdano'i hun, ac yna i'r chwith.

'*Well, what's the verdict?*'

''Dw i'n gweld pawb ond fi fy hun?'

'Yn union o'ch blaen chi, siwgr.'

'Y? . . Fi ydi hwn?' mewn anghrediniaeth.

'*The one an' only. As I well know.* 'Dw i wedi rhoi'r *mohican cut* i chi, cariad. A 'dach chi'n edrach flynyddoedd yn fengach, os ca' i ddeud. Fydd Musus Thomas ddim yn ych nabod chi.'

'Dyna'r peryg',' atebodd y Gweinidog yn dawel ond yn berwi o'r tu mewn. 'Os nag o'n i yn nabod fy hun, go brin y bydd hi. A 'nes i ddim gofyn i chi gneifio 'mhen i a gada'l dim ond crib ceiliog yn union ar hyd y corun. Dim ond ca'l hyd i bluan eto ac mi fydd rywun yn meddwl ma' fi ydi'r *Last of the Mohicans*.'

Ond canu crwth i fyddar oedd rhoi pregeth felly i Cecil. Cydiodd hwnnw'n dyner yn llaw ei weinidog a'i godi o'r gadair, 'Gewch chi dalu am y shampwio a'r *styling on the way out.* Ac os penderfynwch chi ga'l tatŵ bach ar y *back-side, just ring.*'

Wedi talu pagan o fil wrth y ddesg yn y Tebot Pinc am

gymwynas nas gofynnodd amdani, cychwynnodd am adref.

O glywed y gnoc, daeth Ceinwen i'r drws cefn, a'i agor. 'Peint dydd Gwener a dau dydd Sadwrn,' ebe honno yn reit siarp, yn tybio mai'r hogyn llefrith, trendi, oedd wedi galw.

'Ceinwen, fi sy'ma, cariad.'

'Ia? Wn i hynny, Jason,' ond yn teimlo'r hogyn ifanc flewyn yn ddigywilydd.

'Eilir!'

'Sut?'

'Eilir ydw' i. Dy ŵr di.'

'Ond be' ar wynab y ddaear sy' wedi digwydd i dy wallt di?'

'Cecil sy' wedi' i dorri o.'

'Hefo rhaw?'

'Siswrn.' Yna, cafodd y diafol y llaw uchaf arno. 'Ac ma' gin i datŵ'n ogystal,' a bygwth codi cwr ei grys. A bu rhaid i Eilir roi'i droed yn y drws cyn i hwnnw gael ei gau yn ei wyneb a chyda grym.

*   *   *

Cododd Eilir y ffôn a chlywed sŵn ffrïo. Tybiodd i ddechrau mai un o'r galwadau codi dychryn ydoedd. Derbyniodd ddwy neu dair o'r rheini'n ddiweddar, gan amlaf yn hwyr y nos; y ffôn yn canu, yntau'n ateb, cryn sŵn ffrïo ac yna mudandod llwyr.

'Helô!' Yr unig ateb oedd sŵn rhywun yn taflu llond powlen o tsips newydd eu plicio i sosbenaid o saim berwedig.

'Pwy sy' 'na?' gwaeddodd.

'Diawl, fi 'te!' a rhagor o tsips yn cael eu lluchio i'r sosban.

A sylweddolodd Eilir pwy oedd ar ben arall y ffôn, 'Jac. Chi sy'na?'

'Ia'n tad.'

'Ond o ble'r ydach chi'n ffonio?' yn disgwyl iddo ddweud Ushuaia gan mor bell y swniai'r llais.

'O dŷ Miss Tingle.'

46

'Miss Pringle,' cywirodd y Gweinidog, i ddim pwrpas.

'Ydach chi'n medru 'nghlywad i?' holodd Jac, uwch y ffrïo.

'Ydw . . . wel, a nag ydw. Ddim yn glir. Ma' 'na ryw sŵn ffrïo yn y cefndir.'

'Dyna sy'n digwydd 'te,' meddai Jac.

'Sut?'

'Miss Tingle sy'n ffrïo pennog imi i de.'

'Wela' i.' Ond yn teimlo bod y te yn un hwyr ryfeddol. 'Ac un i Cringoch.'

'Ydi hi 'di symud i fyw atoch chi?' holodd y Gweinidog, yn hanner tynnu coes.

'Cringoch? Na wedi ca'l gwadd yma i swpar ma'r hen dlawd, fel finnau.'

'Na, Miss Tringle . . . m . . . Miss Pringle 'dw i'n feddwl,' ac roedd y Gweinidog yn dechrau camenwi unwaith yn rhagor. 'Ydi **hi** wedi symud i fyw?'

Gwylltiodd Jac Black, 'Diawl, 'dydw i newydd ddeud wrthach chi 'i bod hi ar ganol ffrïo pennog. Pam 'dach chi'n gofyn peth mor wirion?'

'Wel ych clywad chi'n bell ydw i.'

'Isio i chi weiddi mwy sy,' oedd yr ateb sorllyd. 'Mewn picil 'dw i ylwch,' eglurodd Jac, yn dechrau ymbwyllo peth. 'Deudwch i mi, be' ydi . . .' ond daeth cawod arall o ffrïo a boddi cynffon y cwestiwn.

'Deud eich bod chi mewn helynt oeddach chi, Jac?'

'O! diawledig.'

'John! *Language*,' a chlywodd Eilir lais cefn-gwddw Miss Pringle, serch y ffrïo, yn ceryddu'r dychweledig am lesni'i iaith. Fel amryw o'r Saeson a ymfudodd i Borth yr Aur a dysgu pupraid o Gymraeg, geiriau drwg oedd y rhai mwyaf cyfarwydd iddi hithau, serch ei chrefyddolder. Y rheini, mae'n debyg, a glywai hi amlaf ar y stryd a thros gownter ei siop.

Wedi i'r ail bennog gael ei luchio i'r trochion berwedig, daeth Jac Black yn nes at ei neges. 'Roeddach chi'n deud wrtha' i, pan ddaru chi alw acw a finnau ar ganol 'y nghinio, y basach chi'n fodlon rhoi help imi hefo fy mywyd newydd, 'taswn i'n digwydd gofyn i chi.'

'Wel, os medra' i.'

'Be' ydi 'prês bi' yn Gymraeg?'

'Sut?' Ond daeth swn ffrïo eithafol i'w glust a boddi'r sgwrs yn llwyr am funud. 'Pennog arall yn mynd i'r badall,' awgrymodd, wedi i'r ffrïo dawelu.

'Nagi'n tad. Miss Tingle oedd yn codi'r cynta o'r badall i'r plât.'

'Be' ydi be' yn Gymraeg, ddeudsoch chi?' yn ceisio crynhoi sgwrs a oedd yn mynd i bobman ac i unman.

'Prês bi.'

Clywodd Eilir Miss Pringle, yn amlwg wedi codi'r pennog i'r plât, yn gweiddi'r ymadrodd allan yn acen Rhydychen, '*Praise be, John.*'

'O 'dw i'n deall be' s'gynnoch chi rŵan, Jac. Holi ydach chi be' fydda' *praise be* yn Gymraeg.'

'Ia siŵr.'

'Wel . . . be' am "molwch ef". Na, be' am "molwch o"? Swnio'n fwy ystwyth.'

'Thenciw-feri-mytsh i chi.' Bu eiliad neu ddau o dawelwch, a Jac yn ymlafnio i gopïo cyfieithiad y Gweinidog ar ddarn o bapur. Yna, holodd, 'Deudwch i mi, sawl 'l' sy' yn y gair "molwch" 'ma, dwy 'ta tair?'

'Un.'

'O!' a mynegi syndod. 'Fydda'r hen Fiss Thomas, yn yr infans, stalwm, yn deud bod 'na bedair.'

Wedi cael ei faen i'r wal, roedd Jac Black yn awyddus i roi pen ar y sgwrs a chael mynd i ymosod ar y pennog. 'Dyna ni, diolch i chi am roi hand i mi.'

Ond cyn i Jac roi'r ffôn i lawr arno roedd y Gweinidog yn awyddus i gael gwybod beth oedd pendraw hyn i gyd. Yn amlach na pheidio, byddai gan Jac rhyw is-gymhelliad ac aeth Eilir i ddŵr poeth, fwy nag unwaith, am iddo dderbyn pethau ar yr wyneb a pheidio â mynd at wraidd pethau.

'Ga'i ofyn i chi, Jac, pam roeddach chi'n gofyn i mi gyfieithu'r ymadrodd i chi?'

'O, mi ddeuda'i wrthach chi, er bod 'y mhennog i yn oeri. "Pobol y Pysgod", a chyfeirio at y sect Americanaidd yr aeth i'w crafangau. 'Nhw sy' am i mi 'neud fy nhröedigaeth yn fwy amlwg, ylwch.'

'Wela' i.'

'Ac mi rydw' i am roi 'prês bi' ar 'y mrest, ond yn Gymraeg.'

'Be'? Ar ddarn o bapur?'

'Diawl na. Fasa' peth felly'n para dim. Na, ma' Miss Tingle wedi trefnu i'r Siswrn i' roi o ar fy nwyfron i, mewn inc. Hwyl i chi rŵan.'

'Rhoi tatŵ?'

Ond roedd Jac wedi mynd. Y peth olaf a glywodd Eilir oedd Miss Pringle yn gweiddi *John, language*, a Jac yn gollwng llw arall, un Cymraeg.

*     *     *

Y bore hwnnw o Fai cynnes roedd y Gweinidog â'i ben i lawr yn chwynnu yn yr ardd ffrynt a Brandi, yr ast ddefaid, yn y border arall yn twnelu'i ffordd i Awstralia, yn bridd i gyd, ac yn creu llanast. Daeth ergyd fel o wn. Cychwynnodd Brandi am Awstralia, ond dros dir, a chododd Eilir ei ben i weld Jac Black yn rhoi'r *Suzuki* i orffwyso ar wal yr ardd.

'Jac, chi sy'na?'

'Ia.'

'Mynd am sbin 'dach chi?'

'Wedi bod yn y "Porfeydd Gwelltog" ydw' i,' eglurodd y beiciwr, 'yn carthu dipyn,' a chyfeirio at y Cartref Preswyl, eiddo William Howarth a Cecil, ble roedd yn fath o ofalwr rhan-amser. 'Ond wel'is i mo'r Siswrn chwaith, gwaetha'r modd. Fedra' i ga'l gair bach hefo chi?'

'Wrth gwrs,' ond yn flin ei fod o'n gorfod rhoi gorau i arddio a hithau'n fore mor braf.

'Yn breifat.'

'Wel, os hynny, dowch i mewn.'

Cododd Jac ei law i fygu'r fath awgrym, 'Ddim yn siŵr i chi ond diolch am y cynnig.' Roedd hi'n amlwg nad oedd y bywyd newydd yn tawelu dim ar ysbrydion y gorffennol. 'Unwaith y bûm i dros y trothwy.'

Ac aeth y Gweinidog ati i adrodd y stori drosto, gan iddo'i chlywed gynifer o weithiau o'r blaen, 'Pan oedd Richard Lewis yma yn Weinidog.'

'Ia siŵr.'

'A chithau'n hel at y genhadaeth.'

'Naci' (ac roedd amcan ymweliad Jac â mans Capel y Cei yn ystod ei blentyndod yn medru newid o dro i dro). 'Dŵad yma ro'n i ofyn iddo fo seinio i Mam ga'l leisans gwn.'

'Leisans gwn? I be'?'

'I saethu gw'lanod o ffenast llofft, pan fydda' hi'n dymor mecryll.'

'Bobol!'

'Roedd yr hen wraig yn medru handlo pistol yn well na Butch Cassidy.'

'Ac mi geuthoch gic yn ych pen ôl gin Richard Lewis am ych trafferth,' ychwanegodd, yn awyddus i gladdu'r hen, hen stori.

'Do, ac ma'r peth yn mynd at fy nghalon i bob tro y bydda' i'n ista ar sêt y Jacwsi,' a phwyntio at y moto-beic.

'*Suzuki.*'

'Ia siŵr, at y Jacwsi dw' i'n cyfeirio. Ond matar arall sy'n peri 'mod i yma bora 'ma.'

'Ia?'

'Wedi fy mrifo ydw' i.'

'O?'

'Mewn man arall,' a phwyntio y tro hwn at ei frest. 'Ac os na fedrwch chi ga'l mymryn o gompo imi mi fydd raid imi droi cefn ar y bywyd newydd ma' gin i ofn.'

'Ca'l iawndal? Dyna s'gynnoch chi mewn meddwl?'

'Ia, debyg.' Taflodd Jac gip brysiog i gyfeiriad y tŷ a holi, 'Ma'ch gwraig chi'n dal yn 'i gwely?'

'Wedi mynd i siopio.'

'Fasach chi mor garedig ag edrach ar y nwyfron i, 'tawn i'n codi fy jyrsi?'

Wedi i Jac godi godreuon y jyrsi llongwr hyd at ei ên, llwyddodd Eilir i gael golwg ar y tatŵ roedd Cecil wedi'i gerfio ar frest Jac Black. Serch fod brest Jac yn gig-noeth mewn mannau, lle roedd peiriant tatŵio Cecil wedi methu'r marc mae'n debyg, a bod y llythrennau yn dal yn wrymiau llidiog yr olwg, llwyddodd i ddarllen y geiriau.

'Ia, ardderchog.'

'Welsoch chi'r sglyfath?'

'Wel, hwyrach bod y tatŵ heb lawn fendio eto ond ma'r sgwennu'n ddigon clir ac ma'r lliw glas yna'n siwtio lliw ych croen chi i'r dim. A phan ddaw hi'n well tywydd, a chithau'n dechrau stripio fel y byddwch chi, mi fydd pawb ym Mhorth yr Aur yn medru gweld ych bod chi'n ddyn newydd ac yn moli hefo chi.'

'Moli?' arthiodd Jac. 'Diawl, fedrwch chi ddim darllan?'

'Sut?'

'Darllenwch y peth eto, yn ara' deg,' a chododd Jac ei jyrsi am yr eildro.

Dyna'r foment y sylweddolodd Eilir bod yr hyn roedd wedi'i gyflyru i'w ddisgwyl wedi peri iddo gamddarllen. Yn fwriadol, neu'n ddamweiniol, yr hyn a gerfiodd Cecil Siswrn ar frest Jac Black oedd 'Molchwch o'.

'Wel, sut ar y ddaear ma'r fath gamgymeriad anffodus wedi bod yn bosib?' holodd y Gweinidog ond yn cael trafferth enbyd i guddio'i wên. 'Molwch o', dyna oedd y gwreiddiol.'

'Gwreiddiol? Diawl, chi awgrymodd y peth,' gwylltiodd Jac, yn dechrau lluchio baw.

'Cyfieithu'r peth 'nes i, ar ych cais chi. A chithau'n 'i gopïo fo, dros y ffôn. A Cecil yn torri'r geiriau. Ydi'r darn papur hwnnw gynnoch chi?'

51

'Nag ydi, yn anffodus. Ma' Miss Tingle wedi'i bostio fo i'r Merica, fel tystiolaeth,' ac roedd Jac yn hen gynefin â chuddio'i lwybrau a gyrru rhai oddi ar y trywydd. 'Ylwch yma, 'dw i wedi diodda' digon pan oedd y Siswrn yn gwnïo'r peth i 'mrest i heb i mi fynd yn destun gwawd wedyn. Dyna i chi be' oedd dioddefaint. Fûm i heb gysgu am bythefnos. A dim ond ar wastad fy nghefn y medra' i gysgu rŵan.'

'Pryd gwelsoch chi'r camgymeriad 'ta?'

'Wedi i'r Siswrn ddarfod pwytho, yn anffodus. Mi 'drychi's ar 'y mrest yn y glas, un min nos, i weld oedd y peth yn dechrau mendio ond fedrwn i ddim dallt y llythrennau.'

'Na fedrach, debyg. Roedd y sgwennu o chwith.'

'Mi bicis i mewn i'r 'Fleece' wedyn, yn groes i f'wyllys, cofiwch.'

'O!' a sylweddoli fod Jac yn dechrau llithro i'r hen lwybrau'n barod.

'Mynd yno i dystio ro'n i ac i ofyn fasa'r hogiau mor garedig â cha'l golwg ar 'y mrest i – y rhai sy'n medru darllan felly. A phan ddarllenodd Oli Paent y sgwennu i'r gweddill, sy' ddim yn medru darllan, mi fuo bron i MacDougall luchio pwcad o ddŵr am 'y mhen i. Wedi cym'yd y peth yn llythrennol, ylwch.'

'Ond mi ddeuthoch o'r 'Fleece' heb syrthio i demtasiwn?'

'Do'n tad. Ond mi fuo raid i Oli a Llew Traed,' gan gyfeirio at y plisman lleol, 'ga'l prynu scotyn neu ddau i mi, i mi ga'l dŵad ataf fy hun wedi'r fath sioc. A do'n innau ddim yn lecio gwrthod cymwynas.'

Serch mai Miss Pringle a oedd wedi talu am y tatŵio brwnt, yn ôl y medrai Eilir ddeall, roedd Jac yn daer am iddo fynd ati i droi braich y tatŵydd iddo gael 'compo' am y camsbelio anffodus.

'Y cwbl fedra' i 'neud ydi mynd i' weld o, a gofyn. Dyna'r cwbl,' ac yn edifarhau cyn darfod y frawddeg iddo addo cymaint â hynny.

'Diolch yn fawr i chi,' meddai Jac yn mynd ati'n syth i

danio'r moto-beic. 'Ond deudwch wrth y Siswrn na fydda' i ddim yn derbyn siec gynno fo, wrth na s'gin i ddim cyfri banc.'

Gyrrodd yr ail daran, pan oedd Jac yn aildanio'r *Suzuki*, yr ast ddefaid i bendraw eitha' Awstralia ac roedd ei meistr, un rhy barod ei addewidion, wedi darfod chwynnu'r ardd ffrynt cyn iddi ddod yn ôl i Gymru.

*    *    *

Pan soniodd Eilir wrth ei wraig, fore drannoeth, ei fod am bicio i lawr i'r dre i weld Cecil cafodd ei grogi cyn cael ei wrando. Bu Ceinwen yn ffyrnig wrthwynebus i'r parlwr tatŵio o'r dechrau un. Ystyriai'r corff yn deml i'w pharchu a bod anharddu honno drwy'i haddurno â chroenluniau yn bechod o'r mwyaf. Ond drwg Ceinwen oedd neidio i gasgliadau carlamus ar yr esgus lleiaf, 'Os dychweli di o'r lle haul 'na hefo tatŵ ar dy ben ôl a modrwy yn dy drwyn, paid â meddwl am ddŵad yn ôl yma. Mi fydd y drws ar gau . . . ac wedi'i gloi.'

'Ond nid mynd yno fel cwsmar ydw' i, Ceinwen.'

'Ond mi est yno i agor y lle.'

'Do, am fod Cecil wedi gofyn imi arwain y cyfarfod gweddi.'

'A'r peth nesa' oedd y Rojero Goganzalis 'na wedi tynnu dy lun di ynghanol haid o ferchaid cryfion o Blackburn.'

'Blackpool.'

'Blackpool 'ta. A rheini'n blastar o datŵs, hyd yn oed yn y mannau mwya' dirgel.'

'Weli's i mo'r rheini.'

'Y merchaid?'

'Na. Y tatŵs.'

'A'r llun hyll hwnnw, wedyn, ar dudalen flaen Porth yr Aur *Advertizer*, a thitha'n 'u canol nhw yn edrach fel rhyw Robinson Crusoe mewn colar gron. A 'ti'n cofio'r pennawd, Saesneg?'

'Ddim yn union,' ond y gwir oedd fod y peth wedi'i lythrennu ar lech ei galon.

''Dw i yn cofio. *"Bottoms Up at Porth yr Aur".*'

'Ond nid fi sgwennodd hwnnw.'

'Ti oedd yr achos i'r peth ga'l 'i sgwennu 'te? Fuo 'na 'rioed dda o frwela hefo'r Jac Black 'na.'

Os mai un hawdd i'w brynu oedd y Gweinidog roedd ei wraig yn un wytnach ei natur. Roedd ei 'ie' hi yn 'ie' a'i 'na' yn 'na'. A pheth arall, roedd ganddi'r reddf i weld corsydd, o bell. Drwg ei gŵr, ar y llaw arall, oedd ceisio bod yn ben a chynffon i bawb, heb weld ymhellach na'i drwyn na chyfri'r gost ymlaen llaw. Blynyddoedd o geisio datrys llinynnau rhwydi y drysodd ei gŵr ynddynt a barai fod Ceinwen, mor aml, â'i llaw ar y brêc ac yn edliw iddo'i gamgymeriadau cyn iddynt ddigwydd. Ond, os oedd Eilir wedi rhoi ei addewid, boed honno'n addewid dyn mewn diod, fe'i cadwai faint bynnag y gost. Dyna pam y bu iddo wyrdroi ei gyngor y bore hwnnw a chychwyn am y parlwr tatŵio.

''Dw i'n mynd 'ta, Ceinwen.'

'Iawn, ond dy botas di fydd o cofia.'

'Wn i.'

'A gyda llaw, deud fod gwraig y Mohican,' a chyfeirio'n ddychanol at steil gwallt ei gŵr, 'yn cofio ato fo.'

'*Come right in,* cariad,' meddai Cecil wrth weld y Gweinidog yn sefyll wrth y ddesg yn y cyntedd a chan dybio'i fod, o'r diwedd, wedi penderfynu cael y 'galon' honno ar ei grwper. '*Strip right down to the waist* ac mi fydda' i hefo chi *in a jiffy.*'

'Isio ca'l gair hefo chi ydw' i Cecil. Yn breifat.'

'Dowch hefo mi siwgr, i'r *back room,* ac mi fedra' i weithio a gwrando arnoch chi *at the same time.*' Cydiodd yn ei arddwrn a'i arwain drwy'r bwlch a wahanai y tair siop i gyfeiliant cerddoriaeth o ddyddiau'r Ail Ryfel Byd, *You are my sunshine, my only sunshine.*

Roedd y parlwr wedi ei rannu ar gyfer tair goruchwyliaeth:

cornel i frownio cyrff, hyd at eu rhostio; congl ar gyfer tyllu'r corff, ac yna, ymhen pellaf yr ystafell, yr 'Heulwen', yr adran datŵio a Cecil ei hun a wnâi y gwaith hwnnw. Wrth fynd heibio, fel ci anfoddog yn cael ei arwain wrth dennyn, sylwodd ar ddwy neu dair o ferched yn gorwedd ar welyâu haul isel, yn araf felynu yn y gwres eithafol. Clywodd rywun yn galw'i enw a chyda chil ei lygad gwelodd Freda Phillips, Plas Coch, gwraig yr adeiladydd, yn clertian yn yr haul cogio a'i chroen yn crebachu yn y gwres. Am y pared â hwy, roedd yna nifer o gybiau ifanc: un newydd gael modrwy yn ei glust, un arall yn ei drwyn ac un arall yn ei wefl a'r tyllau a dyllwyd i groen pob un o'r tri yn dal i waedu.

Yn y gilfan lle digwyddai'r tatŵio gorweddai merch ifanc ar wely, ei chefn at y byd a heb fawr ddim i guddio'i noethni.

'Ydach chi'n 'i nabod hi, Mistyr Thomas?'

''Dw i ddim yn meddwl,' atebodd y Gweinidog yn teimlo'n groen gŵydd i gyd. 'O leia', 'sgin i ddim co' i mi'i gweld hi fel hyn o'r blaen.'

'*I should think so*,' meddai Cecil a gwneud siâp wy â'i geg.

'Neis gweld chdi, Bos,' ebe'r ferch ifanc, wedi nabod llais y Gweinidog, 'Musus chdi'n iawn?'

'Ydach chi'n cofio'i henw hi?' holodd Cecil yn frwd.

Gwyddai Eilir oddi wth ei hacen, a'r croen lliw hufen, mai un o amryw ferched Shamus Mulligan, y tarmaciwr, oedd hi, ond p'run?

'*Have a closer look,* 'ta cariad,' cymhellodd Cecil yn pwyntio at gefn y ferch ifanc, '*just above the hip.*'

Plygodd y Gweinidog ymlaen a chraffu. Ar un glun roedd yna haul melyn, newydd godi, ond bod ei belydrau yn sobr o anwastad a'r enw 'John' wedi'i lythrennu oddi tano, mewn coch. Ar yr ystlys arall, roedd y gair 'James' a rhimyn o leuad tywydd drwg ar ganol cael ei bigo allan. Yna, ymsythodd i'w lawn sefyll, yn beio'i hun am iddo ufuddhau i Cecil a chraffu felly.

'Musus James, sudach chi?' mentrodd, wedi nabod yr enwau a chan gofio y briodas anghymharus a weinyddwyd rhwng Coleen a John James, y cyfreithiwr, ddwy flynedd ynghynt.

'Gwallt chdi'n *groovey*, ia?' meddai hithau yn troi'i phen ac yn paratoi i godi ar ei heistedd.

'Wel, cofiwch fi at y gŵr, pan welwch chi o,' ebe'r Gweindog yn teimlo'n hynod o annifyr.

Wedi llwyddo i godi ar ei heistedd, roedd gwraig ifanc y twrnai'n barod iawn am sgwrs, noethlymun neu bedio. 'Ma' Cecil 'di rhoi'i enw fo ar cefn fi, ia, jyst fath â sypreis. Ceith o 'i gweld o pan fydd hi'n Dolig.'

*'And it's only Easter,'* sibrydodd y tatŵydd o dan ei wynt.

'Wel . . . m . . . 'sgin i ddim ond dymuno Nadolig llawen i chi, pan ddaw o.'

'Gwranda, Bos. 'Ti isio gweld llun sy' ar bol fi?' a bygwth troi reit rownd.

Neidiodd Cecil fel dyn wedi'i drywanu ac arwain y Gweinidog allan o'r parlwr tatŵio ar gryn hast, yn gyflymach nag y gwnaeth ar y ffordd i mewn. *'Not fit for general viewing,* Mistyr Thomas bach,' sibrydodd wrth gerdded, 'er ych bod chi wedi priodi. Peidwch byth â mynd i Blackpool.'

Wrth y ddesg yn y cyntedd, ceisiodd Eilir ymliw â Cecil ar ran Jac ond i ddim pwrpas. Roedd y tatŵydd yn dadlau iddo gerfio mewn inc annileadwy ar frest Jack Black yr union eiriau a roddwyd iddo ar ddarn o bapur. Dyna ddysgwyd iddo yn ystod y cwrs undydd y bu arno yn Leeds, yn dysgu'i grefft, a dyna reol aur ryw ffederasiwn neu'i gilydd y perthynai tatŵyddion iddi. A pheth arall, honnai iddo wneud gwaith ychwanegol am ddim. Ar gefn Jac, yn ôl Cecil, roedd yna datŵ'n barod; un roedd Jac, yng ngwres ei dröedigaeth, am gael ei ddileu.

*'Voluptuous lady,* Mistyr Thomas bach, o'r Carribean.'

'O'r dyddiau pan oedd Jac ar y môr, debyg.'

*'Possibly.* Ond fel ma' Mistyr Black wedi mynd yn lletach

roedd y ddynas wedi mynd yn dewach, a'i *dress* hi'n dynnach. *Very voluptuous if I can say so.* Ond mi lwydd'is i i rwbio peth ohoni hi i ffwrdd hefo *scourer* a *vim.* Dim ond 'i phen hi a *little bit* o'i thraed hi sydd i'w gweld rŵan.'

Ceisiodd y Gweinidog egluro i Cecil y dolur seicolegol a achoswyd i enaid Jac a dyna pryd daeth y llew allan yn Cecil, y llew sydd ymhob gŵr neu wraig busnes arbennig o lwyddiannus. 'Mistyr Thomas bach, *if you don't mind me saying so*, ma' 'molchwch o' yn mwy *fitting* o lawar. 'Dwn i ddim pa mor amal bydd o'n molchi. Fuo raid i mi wisgo *mask* i 'neud y job. A pheth arall, Mistyr Thomas, ma gin i flys gyrru bil ychwanegol iddo fo.'

'Be', bil mwy eto?'

*'Can't you count, dear?* Am y gair 'molwch' ro'n i wedi tendro ar y ffôn a fuo raid i mi dorri un lythyran yn *extra,* a honno'n lythyran ddwbl. Rŵan, siwgwr, *if you'll excuse me*, ma'n rhaid i mi fyd yn ôl ne' fydd y lleuad ar *back-side* Coleen wedi machlud,' a chwerthin yn enethig ar ben ei ddigrifwch ei hun. 'Gwela i chi yn cyfarfod gweddi nos Fawrth, cariad, *God willing.*' A dyna un addewid y byddai Cecil, serch ei holl odrwydd, yn sicr o'i chyflawni – os Duw a'i mynn.

*       *       *

Llithro i'w hen ffyrdd fu hanes Jac Black yn fuan wedyn. Ymddangosodd unwaith neu ddwy yn y Capel Sinc, yr achos cenhadol ar yr Harbwr, lle cynhelid ambell wasanaeth ar bnawn Sul. Sylwodd Eilir ei fod yn ymuno'n frwdfrydig yn y canu – serch ei fod wythfedau yn is na phawb arall ac yn mwrdro rhai o'r geiriau mwyaf cysegredig. Ond pan ddechreuai'r Gweinidog draethu, a sôn am rai pethau a fyddai'n anadl einioes i bob dychweledig, collai Jac bob diddordeb. Edrychai 'fel gŵr ar ddyfroedd hunlle'n methu cyrraedd glan'. 'Doedd yr adeilad, chwaith, mo'r lle mwyaf manteisiol i hen forwr fel Jac gael gafael ar y 'bywyd newydd'; gwres yr haul ar y sinc tu allan, ar bnawn braf, yn troi'r ystafell glos yn bopty, sŵn llepian y tonnau ar y traeth, trwy'r ffenestri cilagored, yn porthi galwad y môr yn yr hen forwr, ac iaith y Gweinidog, serch pob ymdrech o'i eiddo i fod yn syml, yn swnio'n 'fforin' i un a ddihangodd ar long a mynd i forio cyn diwedd ei chwarter ysgol.

Dros y blynyddoedd, bu dilysrwydd tröedigaeth Jac Black yn bysl i'r Gweinidog. Ddaeth yna 'rhyw awel hyfryd o'r gororau pell' i chwythu ar enaid Jac ynteu dim ond grym ewyllys Miss Pringle a'i charedigrwydd yn ffrïo ambell bennog iddo, ac i Cringoch, a'i cafodd i dir – wel, am gyfnod? Gydag amser, llithro'n ôl i'r hen ffyrdd fu hanes Jac, yntau – er mawr gysur i Oli Paent ac elw i MacDougall – a gwaniodd llythrennau'r tatŵ a gerfiodd Cecil ar ei ddwyfron, hyd at fod yn aneglur i rai heb sbectol (dyna sy'n digwydd, mae'n debyg, o brynu inc rhad) ond glynu at ei phroffes fu hanes Miss Pringle. Ond yn ôl hogiau'r 'Fleece', gydag amser fe ddaeth y wraig fronnog o'r Caribî, a datŵiwyd ar ei gefn, yn ôl i'w llawn ogoniant, yn lletach nag erioed ac yn fwy beiddgar yr olwg.

Wedi blynyddoedd o gerdded strydoedd Porth yr Aur gwyddai Eilir mai'r peth anoddaf o dan haul y greadigaeth oedd nabod cymhellion pobl ac roedd dirnad cymhellion Jac Black, bob amser, yn anoddach na hynny. Dysgodd hefyd, o wylio'r hil ddynol yn chwarae eu gwyddbwyll, mai y profiadau hynny a ysgrifennwyd 'nid ag inc' ond 'ar lechau'r galon' oedd y tebycaf o gadw eu lliw. Ond pa inc gwyrthiol, tybed, a ddefnyddiodd y tatŵydd hwnnw o'r Caribî?

## 3. *OLI PAENT A 'PEN YR YRFA'*

Pan alwodd y Gweinidog heibio Y Fron Dirion a rhoi'i fys ar gloch y drws ffrynt clywodd bytiau o *Gytgan yr Haleliwia* yn gorlenwi'r cynteddau; cloch felly oedd un Daisy Derlwyn Hughes, un ddi-chwaeth o chwaethus a gwahanol iawn i gloch pawb arall. Meri Morris, Llawr Dyrnu, ei chwaer, a agorodd y drws yn ei dillad llnau; hen gôt odro, a fu'n un wen unwaith, pâr o welingtons a chap gwau am ei phen i gadw'r llwch o'i gwallt. Nid bod yna lawer o lwch, un amser, yn Y Fron Dirion – diolch i Meri.

'Dau dama'd o hadog melyn a'r pisyn lleia' o . . .' a sylweddolodd Meri Morris ei chamgymeriad. 'O! Chi sy'na? Finnau'n disgwyl 'Now Cabaits' hefo pysgod.' (A dim ond ym Mhorth yr Aur y ceid 'Now Cabaits' yn werthwr pysgod.)

'Ych chwaer ddaru ffonio,' eglurodd y Gweinidog yn hanner ymddiheurol. 'Gofyn imi alw.'

'Wn i. 'Dydi hi wedi bod yn brefu amdanoch chi ers ben bora.'

'Lle ma' Musus Hughes?' holodd y Gweinidog yn dringar, gan weithio ar yr egwyddor fod gwaed bob amser yn dewach na dŵr.

'Ar 'i thin,' oedd yr ateb. 'Lle arall basach chi'n disgw'l iddi fod?' Roedd hynny'n wir. 'Heblaw, dowch i mewn. Mi a' i â chi i'w golwg hi.'

'Diolch i chi. Ma' hi'n fora braf, Meri Morris.'

'Ydi. Braf iawn ar rai.'

Os bu dwy chwaer wahanol i'w gilydd erioed, Daisy Derlwyn Hughes a Meri Morris oedd y ddwy hynny. Cafodd y ddwy eu hadeiladu'n wahanol: Meri yn denau fel weiren gaws a gwaith caled o fore gwyn tan nos ar erwau digon llwm wedi peri iddi wargrymu cyn pryd a Daisy, wedyn, yn fyrrach o gorff ond yn dew fel mwd ac yn naturiol ddiog. Iaith blaen oedd gan Meri, a thafod fel sgwriwr sosbenni, ond roedd siarad ei chwaer yn gwafers i gyd ond yn llai diffuant hwyrach. Perthynas y ddwy â'i gilydd oedd yn goglais Eilir. Meri oedd yr ieuengaf o'r ddwy ac eto hi oedd yn gwisgo'r trowsus. Fedrai Daisy, druan, ddim agor ei cheg heb i Meri roi'i hyd a'i lled iddi ac eto roedd hi'n tendio arni draed a dwylo; roedd Daisy, ar y llaw arall, yn meddwl fod yr haul yn codi ar ben ôl ei chwaer a chwarddai'n galonnog pan fyddai Meri'n bwrw drwyddi ac yn ei galw i gyfri.

'Ac mi rydach chi wedi cyrraedd, Mistyr Thomas,' ebe Daisy heb godi o'i chadair isel. ''Steddwch, cariad,' a phwyntio â'i llaw fodrwyog at y gadair gyferbyn.

'Diolch i chi.'

'Gym'wch chi banad o goffi? 'Taswn i'n gofyn i Meri 'neud un ichi?'

'Ddim yn siŵr. Mi lyncis i banad cyn cychwyn.'

Gwisgai'r ddwy yn wahanol: Daisy yn lipstic a gwrid gosod ben bore, fel llygoden wedi bod mewn pot o jam mafon, ac yn drewi o oglau ryw *Channell* neu'i gilydd; Meri, wedyn, yn fwndel o racs, ar wahân i'r Sul – a 'doedd na ddim gwarant, ar ddydd felly, na fyddai lastig yn llyncu'i ben neu ryw sysbendar neu'i gilydd yn colli 'i afael – ond ei hwyneb yn bictiwr o iechyd wedi oes o ddefnyddio dim ond sebon carbolig a dŵr oer.

Drwg arall Daisy, a hithau'n hen ddafad, oedd gwisgo cnu oen. Felly roedd hi y bore hwn, ffrog ddu ddi-chwaeth o gwta a'i gwddw hi bron i lawr at y bogel. Gyda'i chraffter arferol synhwyrodd Meri Morris annifyrrwch y Gweinidog, "Dwn i ddim pam, Mistyr Thomas bach, na wisgith Daisy 'ma fel dynas o'i hoed. 'Dydi'i sysbensions hi yng ngwynt pawb ddaw yma.'

Chwerthin yn enethig wnaeth Daisy a newid stori, 'Biti am yr organ, Mistyr Thomas.'

'Wel ia.'

'Fi ddeudodd wrthi,' meddai Meri wedyn, 'ne' fasa' hi ddim yn gw'bod.' Y capel oedd echel bywyd Meri Morris ond ymddangos yn achlysurol y byddai ei chwaer. 'Heblaw, be' arall sy' i ddisgwyl a'r Cecil Siswrn 'na yn 'i cham-drin hi mor gynddeiriog. Syndod na fasa'r organ, druan, wedi pacio i fyny ers misoedd.'

Wedi i Kit Davies, Anglesey View, lyncu mul a chyfyngu'i hychydig ddawn i ganu'r organ badlo yn y Capel Sinc roedd Capel y Cei yn ddibynnol ar Cecil Humphreys i gyfeilio yn y gwasanaethau. Fel organydd, roedd 'Ses' yn fwy o wledd i'r llygad nag i'r glust: ei draed a'i ddwylo'n pwmpio'i hochr hi ond fawr ddim sŵn a sawl nodyn yn mynd ar gyfeiliorn. Y bore Sul blaenorol, a Cecil ar ganol mwrdro'r dôn *Pen yr Yrfa,* penderfynodd yr organ na allai oddef rhagor o'i hambygio ac aeth ar streic.

'Ond 'tasan ni'n rhoi gorffwys i'r organ am dipyn ac yna ca'l rhywun i'w golwg hi, e'lla daw hi i weithio eto,' awgrymodd y Gweinidog, yn cydio mewn gwelltyn i osgoi lladd gormod ar Cecil.

'Peth mawr ydi anwybodaeth,' ochneidiodd Meri Morris. 'Dyna fo, well i mi fynd ymlaen hefo'r dystio a'ch gada'l chi'ch dau i siarad.'

'Mistyr Thomas, cariad, welwch chi be' s'gin i yn y gongl 'cw, wrth y silff lyfrau?'

'Be'? Y balmwydden 'na?'

'Na na. Rhwng y pot blodau a'r wal.'

'O! Cyfeirio at yr organ 'dach chi, Musus Hughes?'

'Ia. Anrheg brynodd Der, 'y niweddar ŵr imi . . .' a bu rhaid i Daisy dyrchio am bwt o hances a gadwai rhwng ei dwyfron a chwythu'i hiraeth i honno, '. . . pan o'n i'n hannar cant a fynta'n drigian a phump.'

'Yr hen sglyfath iddo fo,' sibrydodd Meri Morris a dystio ci tseina a oedd ar sil y ffenest.

Prin oedd y Gymraeg rhwng Meri Morris a'i brawd yng nghyfraith, y diweddar Gynghorydd Derlwyn Hughes, cyn iddo golli'i bedolau pan oedd y ddau'n gydflaenoriaid gweithgar yng Nghapel y Cei. Wedi iddo farw'n ddisyfyd, wyth mlynedd yn ôl – 'mewn trap ll'godan o wely benthyg,' chwedl Jac Black, yn llofft gefn y 'Nook', uwchben y *Lingerie Womenswear*, ym mreichiau'r ddiweddar Dwynwen Lightfoot – aeth parch Meri Morris tuag ato yn ddim ac fe ddaliai ar bob cyfle posibl i'w sgwrio'n gyhoeddus.

'Wel, Mistyr Thomas, be' feddyliech chi petawn i'n rhoi'r organ, un drydan ydi hi, yn anrheg i'r capal?'

'Offrwm dros bechod,' ebe Meri o dan ei dannedd ac yn dal i ymosod ar y ci tseina.

Llwyddodd Eilir, ond ar ddwywaith, i godi o eigion y gadair ledr isel a mynd i olwg yr organ. Cerddodd o'i hamgylch, unwaith neu ddwy, fel porthmon yng ngolwg buwch. Sylwodd ar y gair *Yamaha* uwchben y nodau. 'Mae o'n ddodrefnyn hardd ryfeddol, Musus Hughes. Pa goedyn ydi o, deudwch?'

'Derw.'

'Dim ond y croen sy'n dderw,' prepiodd Meri, yn lladd ar yr organ erbyn hyn. 'Dipyn o lwch lli wedi'i wasgu at 'i gilydd ydi'r gweddill.'

'Ond ma'na sŵn digon o ryfeddod yn dŵad ohoni hi,' ebe'i chwaer, 'pan fydda' i'n cyfeilio amball i ddarn.'

'*Dacw mam yn dŵad* hefo un bys, a finnau'n troi'r handlan.'

Anwybyddodd Daisy'r gwir ac edrych i fyw llygaid y Gweinidog. 'Mi dderbyniwch y rhodd, Mistyr Thomas, fel eglwys? I gofio am Der,' a phlymio'r dyffryn, unwaith eto, am y pwt hances.

Un o amryw wendidau Eilir, fel gweinidog – ac mi fyddai Ceinwen, ei wraig, yn ategu hynny i'r carn – oedd prynu cathod mewn cydau; tros y blynyddoedd, prynodd ddigon ohonynt i fedru agor cathdy a'r drwg oedd fod naw bywyd yn ambell un.

'Wrth gwrs hynny. Mi rydach chi'n garedig iawn, Musus Hughes, yn meddwl am y peth. A hwyrach y bydd yn dda iawn inni wrthi, tra byddwn ni yn yr argyfwng rydan ni ynddo fo.' Synhwyrodd Eilir fod Meri Morris wedi rhoi heibio i'r dystio, ond aeth ymlaen, 'Mi rydach chi'n hael iawn yn meddwl fel hyn.'

'Ac mi geith y stôl fynd hefo'r organ. Ond mae yna un peth bach, Mistyr Thomas,' ac roedd y Gweinidog, erbyn hyn, wedi aileistedd.

'Ia?'

'Mi hoffwn i petai'r capal yn talu am osod plât bach, un bras, ar ffrynt yr organ i gofio am weithgarwch Derlwyn,' pesychiad awgrymog o gyfeiriad y sil ffenest, 'i nodi pryd y buo fo farw.'

'Ond nid lle buo fo farw, gobeithio,' arthiodd Meri Morris, yn frwnt braidd, wedi ymosod ar efaill y ci tseina ac yn rhwbio'i gorau.

'Na, Mistyr Thomas,' meddai Daisy'n dawel, 'fedar un cam gwag bach ddim dadneud oes o gydfyw hapus. Dau gariad fuo ni erioed. A Der ofn i'r gwynt chwythu arna' i.' Yna siriolodd, a daeth mymryn o ddireidi i'r llygaid masgaredig. Taflodd gip 'wyddoch chi-be'-s'gin-i' i gyfeiriad y Gweinidog a dweud yn awgrymog, 'Fel yna byddwch chi ddynion 'te? Yn lecio b'yta allan, *now an' then.* Jyst am tjenj.'

'Ia'n tad,' atebodd hwnnw, a'i feddwl ymhell.

'Felly ro'n i'n amau. Dyn ydach chithau, Mistyr Thomas, wedi'r cwbl.'

I osgoi cael ei baru ymhellach gyda'r diweddar Derlwyn cododd y Gweinidog i ymadael, 'Well i mi 'i throi hi rŵan, Musus Hughes.'

'Mor fuan cariad?'

'Mi alwa' i'n fuan eto.'

'I symud yr organ?'

'Y . . . ia.'

'Ac mi wn i y deudwch chi air bach am Derlwyn y diwrnod y byddwn i'n agor yr offeryn.'

Ond roedd y Gweinidog wedi cyrraedd y cyntedd erbyn hyn a Meri Morris yn ei sgubo i gyfeiriad y drws ffrynt, 'Dyna be' ydi addewid dyn mewn diod.'

'Be' dach chi'n feddwl, Meri Morris?'

Ond roedd drws ffrynt Y Fron Dirion wedi'i gau o'i ôl a Meri, mae'n debyg, yn ymosod ar y trydydd ci tseina – os oedd yno dri.

\*     \*     \*

'Sgiwsiwch 'mod i'n hwyr, *ladies and gentlemen. And I can't stay long,'* a dawnsiodd Cecil Humphries ei ffordd i lawr llwybr y capel yn syth o hwrli-bwrli y Tebot Pinc, yn dal yn ei ffedog waith, wen a honno'n debotiau bach pinc i gyd.

Y nos Wener honno, roedd Blaenoriaid Capel y Cei wedi ymgasglu o gwmpas organ y capel, fel bagad o grefyddwyr cynnar o amgylch allor a gollodd ei thân. Yn wir, yr organ fu'r allor i amryw o'r aelodau gydol y blynyddoedd – yn fwy felly na'r pulpud neu hyd yn oed y bwrdd Cymun. Fe'i hadeiladwyd gan William Hill a'i Fab o Swindon a chafodd y Gweinidog ei fyddaru'n gyson wrth wrando ar y to hŷn yn canmol ei gogoniannau. Cyn dyfod y dyddiau blin, perfformiwyd sawl oratorio i'w chyfeiliant ond penllanw pob penllanw oedd y noson y bu i Marcel Dupré, y Ffrancwr enwog, roi datganiad arni. Ond pan ddaliodd Cecil ar ei gwynt y bore Sul blaenorol rhoddodd yr organ fawreddog un rhech glywadwy a mynd yn fud.

'Does dim rhaid i ni fod yma yn hir,' meddai'r Gweinidog yn obeithiol ond yn gwybod yn ei galon mai felly y byddai hi, 'ond mae'n rhaid inni ddŵad i benderfyniad ynglŷn â be' i 'neud hefo'r organ.'

*'Keep it short,* cariad,' apeliodd Cecil. 'Ma' gin i *chicken kiev* ar ganol dadmar a dau datŵ heb ddarfod sychu.'

'Wel, lle'n bod ni'n mynd i gostau mawr,' meddai Howarth, yn arferol ddarbodus, ''sa dim gwell inni fynd ati i llnau dipyn ar y peips i ddechrau? Trwy rheini ma'r sŵn yn dŵad, pan fydd o'n dŵad. 'Tasa ni'n rhoi pres cwrw . . . m . . . pres cinio i Jac, Jack Black felly, hwyrach y basa' fo'n fodlon hwfro dipyn ar y peipiau.'

'Jac Black?' holodd Meri Morris, mewn anghrediniaeth. 'Faswn i ddim yn gofyn i hwnnw ysgwyd poeri allan o fowth-organ, tasa' gin i un.'

'William Howarth, cariad,' ategodd Cecil â galwedigaeth yr Ymgymerwr ganddo mewn meddwl, *'do stick to the underworld!* Dyna be' ydi hogyn mawr.'

'Wel, lles yr achos oedd gin i mewn golwg,' atebodd Howarth yn sorllyd, wedi'i glwyfo. 'Ond dyna fo, agora'i mo 'ngheg eto, o hyn i ddiwadd y cwarfod.'

'Rŵan, gyfeillion,' cymhellodd y Gweinidog. 'Gawn ni gofio lle rydan ni a chofio pa waith rydan ni ynglŷn ag o. Pwy arall s'gin air i' ddeud?'

'Fy nheimlad i, Eilir,' meddai Dwynwen, 'ydi y dylan ni ga'l rhywun proffesiynol i'w golwg hi. Rhywun sy'n deall perianwaith organ fel hon ac yn organydd 'i hun. Fel y gŵr hwnnw fuo yma yn 'i thiwnio hi, flwyddyn neu ddwy yn ôl. Be' am ofyn iddo fo ga'l golwg arni, unwaith eto?'

'Y Felix Doughty hwnnw o Knotty Ash?' arthiodd John

Wyn yn filain. 'Y cwbl 'nath hwnnw oedd rhoi pen yr ystol – a'r capal oedd piau honno – i orffwys yn erbyn peips yr organ a deifio i lawr i'w pherfeddion hi.' (Roedd lluchio bocs paent cyfan at y canfas yn un o amryw wendidau John Wyn.) 'Ddoth o ddim yn ôl i'r wynab am ddeuddydd. Ac mi anfonodd fil fel tasa' fo wedi bod yn Ostrelia.'

'E'lla ma' yn fan'no buo fo,' mentrodd y Gweinidog, yn ymarfer ychydig o hiwmor.

'Dydi o ddim yn fatar i wenu yn 'i gylch o,' ebe John Wyn yn flin. 'A thasach chi'n gorfod talu am y job o'ch pocad ych hun, Mistyr Thomas, fasach chi ddim yn gneud hynny.'

Wedi cael ei roi yn ei le gan yr Ysgrifennydd penderfynodd Eilir ofyn barn Ifan Jones, yr hen ffarmwr. Cyn ymddeol i'r dref, roedd yr hen Ifan wedi bod yn godwr canu yn un o gapeli bach y wlad ac yn fwy cyfarwydd â chaniadaeth y cysegr na fawr neb arall ohonynt.

'Ifan Jones, be' ydach **chi'n** ddeud?'

'Be' 'dw **i'n** 'neud? Wel, dim ond trio gwrando ar be' ma' pawb arall yn ddeud 'te.'

'Na,' a chododd y Gweinidog ei lais, 'be ydach chi yn **ddeud**?'

'*Farmer* Jones, cariad,' pwysleisiodd Cecil, yn chwibianu pob cytsain i glust yr hen ŵr, 'lle ma'ch *thing-me-jig* clywad chi?'

'Yn 'y mhocad i 'te.'

'Be' mae o'n da yn fan'no, *Farmer* Jones? Rhowch o yn ych clust, bendith tad i chi. *So we can all go home.*'

Wedi i'r hen ŵr wthio'r cymorth clyw i dwll ei glust a throi nobyn hwnnw i fyny raddfeydd yn ormodol, nes bod gwich fel hoelen ar sinc yn mynd drwy ben pawb, llwyddodd y Gweinidog i'w gael i ddeall ei gwestiwn.

'Holi fy marn i ydach chi, Mistar Thomas?'

'Ia.'

'Maddeuwch i mi am ddeud, ond biti calon i Cecil Humphreys 'ma ddewis y dôn *Pen yr Yrfa.*'

'Pen yr Yrfa?'

''Tasa fo wedi rhoi *Clawdd Madog* ne' *Cwmgïedd*, ac ma' nhw ar yr un mesur, hwyrach y basa'r organ wedi dal y straen. Wel'is i 'rioed organ oedd yn ffond o *Pen yr Yrfa*. Dyna fy marn bach i. A diolch i chi, Mistar Thomas, am ofyn i mi 'te.'

Wedi'r fath niwl o ateb, roedd yn ofid gan y Gweinidog iddo ofyn barn yr hen ŵr o gwbl. Wedi ychwaneg o rowndio'r horn, llwyddodd Dwynwen i gael y llong i dir. 'Reit, mi rydw' i am fynd yn ôl at fy awgrym cynta' a chynnig, yn ffurfiol, ein bod ni'n gofyn i'r nofiwr tanddwr hwnnw o Knotty Ash' (ac roedd gan Dwynwen ddawn i fod yn ddoniol a diffiwsio bom a allai ffrwydro) 'ddŵad i olwg yr organ a rhoi amcangyfri i ni o be' gostith hi i'w thrwsio hi.'

'Eilio . . . Cydweld', meddai amryw. Pasiwyd y cynnig mewn ychydig eiliadau, wedi cryn hanner awr o chwythu bybls.

'Ond 'dwn i ar y ddaear be' wnawn ni yn y cyfamsar, 'chwaith,' ychwanegodd, 'a ninnau heb organ.'

Cafodd Eilir yr union agoriad y bu'n chwilio amdano, 'Ma'r broblem honno, gyfeillion, wedi'i setlo'n barod.'

'Tewch â deud . . . 'Rioed? . . . Sut felly?'

'Mi gofiwch y diweddar Derlwyn Hughes.' Aeth y lle'n dawel fel y bedd. 'Wel, ma' Musus Hughes, 'i weddw o, yn garedig iawn, wedi cynnig organ hardd i'r eglwys er co' amdano fo.' A gallai Eilir daeru iddo glywed Meri Morris yn chwythu, dan ei gwynt, 'Yr hen sglyfath iddo fo'. 'Ac mi rydw' innau, ar ran yr eglwys, wedi derbyn ei charedigrwydd hi.'

'Ar ba dir?' holodd John Wyn, yn barod i chwythu ffiws.

'Ar ba dir, be'?'

'Wel, fedar neb dderbyn rhodd yn enw'r eglwys heb ofyn i'r eglwys yn gynta' ydi hi'n fodlon derbyn y rhodd.'

'Wel ma' hi'n organ ardderchog.'

'Ymbwyllo fydda' orau inni,' meddai William Howarth wedyn.

'Ymbwyllo?'

'A hwyrach y daw pethau'n gliriach inni, un ac oll, yn y man.'

Gyrrodd brawddeg stoc yr Ymgymerwr bwysau gwaed y Gweinidog i'r nenfwd, 'Ymbwyllo? Ymbwyllo? Am ba reswm, Mistyr Howarth?'

'Wel . . . y . . . mi fu'n diweddar gyfaill farw mewn sefyllfa fymryn yn . . . yn be' ddeudwn i . . . anarferol. Mi fedra' i dystio i gymaint â hynny, achos Jac Black a finnau fuo yno yn trio'i sythu o.'

Teimlai Eilir i'r byw fod Derlwyn Hughes, beth bynnag ei gwymp, yn cael ei ddinoethi fel hyn am yr eildro. Y sioc fwyaf, fodd bynnag, oedd gweld Owen Gillespie, y duwiolaf o'r criw o ddigon, yn paratoi i nofio hefo'r llanw.

'Hwyrach ma' gadael yr offeryn cerdd ble mae hi fydda'r peth doetha' inni, Eilir, o gofio'r cysylltiadau.'

Byth wedi'i dröedigaeth lachar o dan weinidogaeth Byddin yr Iachawdwriaeth, ac yntau'n brentis saer yn Bootle, roedd pawb a phopeth a ddeuai ar lwybr Gillespie yn syrthio'n daclus i un o ddau ddosbarth, cwbl golledig neu gadwedig, ac yng ngwaelod yr ail ddosbarth roedd o wedi gosod Derlwyn Hughes.

'Ddaw dim da o ddŵad ag un o gelfi Dagon i Babell y Cyfarfod. Ond mi rydw' i'n ddigon bodlon 'i 'neud o'n fatar gweddi.'

Yn rhyfedd iawn, roedd Ifan Jones wedi deall rhediad meddwl Owen Gillespie ac yn teimlo fel anghytuno. Yr hyn a arferai ddigwydd yn 'y wlad' oedd ffon fesur yr hen ŵr pa fater bynnag a fyddai ger bron. 'Fedra' i ddim gweld bod a wnelo lle a'r modd y buo Derlwyn Hughes farw ddim â gwerth yr organ. Miss Jones fydda'n canu'r organ yn y capal bach lle ce's i 'magu. Miss Jones efar-redi fydda' pawb yn 'i galw hi. Fydda' hi ddim yn ddiogal i'r un pregethwr fynd ati hi i de ond welsoch chi neb tebyg iddi am gyfeilio i gorau meibion. Na, 'dw i flys â chynnig ein bod ni'n derbyn yr organ ac yn rhoi pob croeso iddi.'

Pan aeth hi'n bleidlais, tri yn erbyn tri oedd hi – Gillespie yn atal ei bleidlais. Wedi iddo roi'r 'addewid dyn mewn diod' honno, chwedl Meri Morris, cyn gadael Y Fron Dirion unig ddewis y Gweinidog oedd troi'r fantol gyda'i bleidlais fwrw. Cytunwyd yn weddol rwydd, wedyn, i roi y 'plât bras' ar yr organ, ar gostau'r capel, ond cyfeirio yn unig at flynyddoedd einioes Derlwyn Hughes yn hytrach nag at unrhyw gampau a gyflawnodd.

Yn union wedyn dechreuodd y llwyth chwalu, yn llythrennol felly: un i'w faes, arall i'w fasnach a William Howarth i'r Lodj. Roedd Howarth, a John Wyn wrth ei ochr – y ddau olaf i adael – dri chwarter y ffordd i fyny llwybr y capel pan gofiodd y Gweinidog na wnaed y trefniadau mudo.

'Gyfeillion,' gwaeddodd, "dydan ni ddim wedi penderfynu, eto, sut i symud yr organ.'

'Mi adawn ni hynny i chi, Mistyr Thomas,' atebodd Howarth.

'Ia, gada'l hynny i chi fydda' orau,' ategodd John Wyn.

'Noswaith dda, Mistyr Thomas.'

'Noswaith dda gin innau,' eiliodd John Wyn. 'A phob bendith hefo'r gwaith.'

*    *    *

Cyn gynted ag y rhoddodd y Gweinidog ei droed ar dir y Morfa Mawr sylwodd ar ddau alsesian Shamus Mulligan, Sonny a Fraser, yn toboganio'u ffordd i lawr y llethr i'w gyfeiriad, yn cyfarth fel cŵn Annwn ac yn ffyrnig ryfeddol. Yna, clywodd un chwibaniad clir yn rhwygo'r awyr. Sglefriodd y ddau gi i stop, fel petai nhw'n bypedau wedi dod i ben eu tennyn, troelli, a charlamu'n ysgwyddau i gyd i fyny'r llechwedd a diflannu i'w gwâl tu cefn i'r garafán. Dringodd Eilir y llwybr dafad igam-ogam a daeth Shamus beth o'r ffordd i'w gyfarfod.

'Neis gweld chdi, Bos.'

'Am ga'l gair bach hefo chi ro'n i, Shamus, os oes gynnoch chi funud i sbario.'

''Ty'd i carafán fi, Bos. Bydd gwraig fi'n falch o gweld chdi.'

'Am funud 'ta.'

'Doedd Kathleen Shamus ddim yn falch o weld y Gweinidog yr union foment honno. Pan oedd Eilir yn cychwyn i fyny grisiau'r garafán fe'i clywodd yn sibrwd yn gynhyrfus, *'The devil be roasted, 'tis the priest'*, ac yna cryn sŵn sgidadlo. Agorodd y drws i weld dau o hogiau'r Mulliganiaid yn rhuthro i sypynnau tewion o arian papur a oedd ar y bwrdd ac yn eu stwffio i'w pocedi rhywsut-rywsut cyn diflannu'n dinfain allan drwy ddrws ym mhen arall y garafán.

''*Tis nice to see ya, Father,'* meddai hithau, yn dal wyneb. *'Will ya 'ave a wee drop of Uncle Jo's Poteen? 'Twill surely drive away the cobwebs. 'Twill indeed.'*

Cododd y Gweinidog ei law mewn dychryn. Roedd y *poteen* cartref, marwol hwnnw a allforiai ewythr Shamus o gorsydd Connemara i'w deulu, ac yn offrwm dros eu pechodau i'r Tad Finnigan, yn ddigon cryf i godi farnis blynyddoedd oddi ar unrhyw goedyn ac yn feddwol ryfeddol.

Gwraig o ychydig eiriau oedd Kathleen Mulligan ond hi a wisgai'r trowsus ym Mhen y Morfa, nid Shamus, a hi a oeliai olwynion yr amrywiol fusnesion a redai'r teulu. Fe'i mewnforiwyd hithau, flynyddoedd yn ôl, o unigeddau Connemara yn wraig i Shamus. Magodd ei thylwyth o blant i siarad math o Gymraeg ond anaml y mentrai hi ar yr iaith ond deallai bob gair a siaradai pawb arall. A hi oedd dolen gyswllt y teulu â'r eglwys Gatholig leol. Roedd y garafán lanwaith, foethus, yn ddelwau i gyd gyda math o groto i'r Forwyn Fair yn un gongl.

'Isio i fi gneud *favour* i chdi, 'ti, Bos?' holodd Shamus.

'Wel, os yn bosib'.'

'Paid poeni, gneith Shamus tarmacio rownd capal chdi yn *dirt cheap.'*

'Na na,' ac osgoi dweud fod yr un a daenwyd o amgylch y

capel flynyddoedd yn ôl yn uwd meddal o hyd a bod un esgid i Meri Morris, Llawr Dyrnu, yn dal heb ddod i'r wyneb. 'Na. Rwbath gwahanol oedd gin i mewn golwg.'

'Isio symud organ boi fuo marw *out of bounds* ti?'

'Wel, ia.' Dirgelwch arall i Eilir oedd sut y gwyddai Mulligan am holl gynlluniau Capel y Cei cyn iddynt gael eu llawn drafod.

'O'dd Jac, mêt chdi, yn ca'l lush hyfo Shamus a fo o'dd yn deud, ia? Ond sori, Bos, ond fedar Shamus dim helpu chdi.'

'*Indeed ya will.*'

'*But Kat'leen . . .*'

Anaml y byddai Shamus yn gwrthod cymwynas. O'i roi mewn congl ceisiodd egluro'i sefyllfa. Un noson, pan oedd ei gyd-yfwr, y Cwnstabl Carrington – 'Llew Traed' i'w ffrindiau – wedi hongian ei helmed am y noson a phlismyn diarth yn gwarchod y dre, cafodd Shamus ei ddal yn ei ddiod yn dreifio J.C.B. i fyny heol unffordd yn erbyn llanw'r traffig a chollodd ei drwydded. Ofn mawr Shamus Mulligan oedd i'r stori fynd ar led ac i'r Tad Finnigan glywed am y peth, ond roedd Kathleen yn fwy na pharod i helpu un a ystyriai hi yn offeiriad.

'*Father, when will ya be needin' the waggon?*'

'Nos Ferchar, os ydi hynny'n hwylus. A diolch yn fawr iawn i chi.'

Wedi i Eilir godi i ymadael – a Shamus yn ddigon balch o'i weld yn mynd rhag ofn cais arall am fenthyg rhai o'i beiriannau, ac i Kathleen ganiatáu – safodd am eiliad i edmygu'r holl fân dlysau a addurnai'i garafán. Disgynnodd ei lygaid ar lun mawr di-ffrâm o'r Tad Finnigan wedi'i bastio ar fath o basbord a'i binio i'r wal, rhwng llun llawer llai o'r Pab a chalendr O'Hara'r bwci. Ond roedd wyneb glân y Tad Finnigan yn blorod byw, fel petai wedi dal rhyw frech neu'i gilydd. Daliodd Shamus ar y Gweinidog yn syllu ar y llun.

''Ti'n lecio gweld 'i lun o, Bos?'

'Mae o'n lun da o'r Tad Finnigan, da iawn. Ond 'dwn i

ddim be' ydi'r holl sbotiau 'na sy' ar 'i wynab o chwaith. Oedd o wedi dal brech yr ieir ar y pryd, ne' rwbath?'

''Na'i egluro iti, Bos, ond i ti stwffio fo i fyny dy pen ôl. Ma' 'ogyn bach Nuala a 'ogyn bach Brady – 'ogiau bach breit, ia – ma' nhw'n ca'l dŵad i carafán Taid Shamus pan ma' hi'n stido, i chwarae darts.'

'Wela' i,' a methu â pheidio gwenu.

'A ma' nhw'n ca'l bwl gin Taid Shamus, a pres lysh, pan ma' nhw'n hitio Tad Finnigan, *dead centre*. Ond bydd Shamus yn troi'i gwynab o at parad a'i tin o at yma, pan fydd *Father* yn galw yn carafán i hel pres lotri.' Yna, daeth pryder i wyneb tywyll y tincer, 'Nei di dim deud wrth Tad Finnigan, na 'nei di, Bos?'

'Ddim yn siŵr.'

'Ne' baso fo'n cicio pen ôl Shamus i *kingdom come*.'

*'An' what time, Father, ya'll be needin' the waggon?'* holodd Kathleen pan oedd y Gwenidog yn disgyn i lawr grisiau'r garafán.

'Yn o hwyr, wedi i'r traffig glirio. Be' am tua naw?'

*'Indeed. 'Twill be there, God willin'. An' bless ya, Father.'*

Pan oedd y Gweinidog yn hanner llithro i lawr y llwybr serth ar hyd gwar y Morfa Mawr trotiai'r ddau gi, Sonny a Fraser, o boptu iddo yn gynffonnau ffeind i gyd. Fel ei berchennog, felly ei lwdn. Roedd hi'n amlwg fod y ddau alsesian, fel Shamus Mulligan ei hun, yn gwarchod y tir rhag pob ymwelwr annerbyniol ac yn falch, wedyn, o'i weld yn ymadael.

*       *       *

Wrth gymryd y tro gyferbyn â Bethabara View, cartref William Thomas – unig ddiacon y ddiadell fach o Fedyddwyr ym Mhorth yr Aur – y bu'r ddamwain. Nid nad oedd y Gweinidog wedi cael ei rybuddio'n ddigonol ymlaen llaw.

'Ddaw dim da, Eilir, o gadw cwmni fel'na,' proffwydodd ei

72

wraig a'r ddau newydd yfed paned o de ac yntau'n hwylio i gychwyn.

'Ond, Ceinwen, fedra' i ddim lluchio'r gymwynas yn ôl i'w hwynebau nhw.'

'O? Ro'n i wedi ca'l ar ddallt ma' ti, yn y lle cynta', aeth i fyny i ben y Morfa Mawr i ofyn am y gymwynas.'

'Roedd raid ca'l lori, 'doedd, i gario'r organ? Chawn ni ddim benthyg pic-yp Llawr Dyrnu wrth bod Meri Morris yn erbyn yr holl syniad. Ac roedd Howarth wedi gwrthod benthyg yr hers, deud bod y trwmbal yn rhy gyfyng.'

'A lle 'ti'n 'u cyfarfod nhw?'

'Ma' Shamus yn deud y bydd y lori tu allan i'r 'Fleece' mor agos i naw â phosib'.

'Tu allan i'r 'Fleece' ddeudist ti? *Mama mia*, fydd neb ohonyn nhw'n sobr.'

'Tu allan 'dan ni'n cyfarfod ein gilydd, Cein, nid tu mewn. Na, mi fydd yr hogia'n iawn.'

'Ddeudis i o'r dechrau, do, am iti ada'l yr organ lle ma' hi.'

'Rhy hwyr rŵan, 'tydi?'

'Mi 'nath Derlwyn Hughes ddigon o sôn amdano wrth farw heb i ti fynd ati i'w atgyfodi o eto.'

'Ond sut medrwn ni gario ymlaen yn y capal heb ryw fath o organ?'

'Fasa'n llai o drafarth o lawar i brynu drwm i Cecil, a phric i fynd hefo fo. A rhwbath tebyg fydda'r sŵn.'

''Dydi hyn'na ddim yn deg, Ceinwen. Ma' Cecil yn gneud i'orau.'

'Ond dyna fo, dy botas di fydd o. Ond paid â deud wedyn na ddaru mi mo dy rybuddio di.'

Un fel'na oedd Ceinwen: codi pob math o fwganod ymlaen llaw rhag ofn i bethau fynd o chwith ond yn barod iawn i roi eli ar y briw wedi i'w gŵr gael ei hun i gaethgyfle.

'Mi gychwynna' i 'ta, ar 'y nhraed. Mi ga' i ddŵad yn f'ôl hefo'r lori wedi inni ddanfon yr organ i'r capal. Gwela' i di pen rhyw awr, Cein.'

'Os bydda' i yma 'te.'

'O!'

'Os bydd pawb ohonoch chi wedi meddwi'n chwildrins, a tithau wedi gneud sôn amdanat, paid â dŵad yn ôl yma. Achos fydda' i ddim yma.'

'Lle ti am fynd, felly?'

'Ffonio llinell argyfwng Byddin yr Iachawdwriath fydd orau i ti, a gofyn am restr pobol sy' â neb yn perthyn iddyn nhw.'

'Hwyl, rŵan.'


Roedd hi'n nes i hanner awr wedi naw ar yr 'hogiau' yn ymlwybro allan drwy ddrws ffrynt y 'Fleece' a 'doedd yr un o'r tri yn gwbl sobr. I'r llygad, Jac Black oedd y sobraf o'r tri. Ond dyna fo, ymffrost y cybiau ifanc a sleifiai i mewn drwy ddrws cefn y 'Fleece' i chwarae pŵl oedd y medrai Jac yfed fel camel tri lwmp a sefyll ar ei ben wedyn – heb syrthio. Cymedrol sobr oedd Mulligan, heb fod wrth y bar gyhyd â'r ddau arall, ond roedd Oliver Parri, Oli Paent fel y'i gelwid, yn sgidiau i gyd a'i eiriau yn rhedeg i'w gilydd.

Pan welodd Eilir hyd-trên o lori artic wedi'i pharcio wrth ddrws ffrynt y 'Fleece', a'r geiriau 'Shamus O'Flaherty Mulligan a'i Feibion' wedi'u llythrennu'n weladwy ar ei drysau, aeth i ofni'r gwaethaf. Lori is a llai cymalog a oedd ganddo mewn golwg.

'Sudath thi, *thief*?' ac aeth Oli Paent ati i gofleidio'r Gweinidog. Bu bron i'r ddau ohonynt syrthio i'r gwter.

'Ara' deg, Oliver Parry. 'C'ofn i chi frifo, wir. A fy mrifo innau.'

'Sudath thi, *chief*?'

Yn arferol, perthynas oer, hyd braich oedd rhwng Oliver Parry ac Eilir a'r paentiwr yn dra beirniadol o bopeth gyda'r mymryn lleiaf o oglau crefydd arno. Yn ei ddiod, fodd bynnag, roedd Oli'n eithafol wahanol ac mor gyfeillgar â'r

Gweinidog â phetai'r ddau ohonynt wedi'u magu ar yr un deth.

'Y ddi 'di'r dorman, yddwch.'

'Sut?'

'Y ddi 'di'r fforman, ylwch.' (Dyna'r trefniant, mae'n debyg.)

Wrth fod Shamus wedi colli'i bedolau, Jac oedd y gyrrwr a Shamus yn dal y gannwyll iddo. Cymhwyster Jac i'r gwaith, os cymhwyster hefyd, oedd iddo unwaith fod yn yrrwr bws rhan amser i Garej Glanwern – cyn i Cliff Pwmp roi'i gardiau iddo – ond roedd yn amheus gan Eilir a oedd ganddo drwydded i yrru'r fath bry genwair o lori hir, serch ei fod yn honni hynny. Llwyddwyd i godi Oli Paent i'r trelar a'i roi i orwedd yno a chafodd y Gweinidog ei stwffio i'r cab, rhwng Jac a Mulligan a hwnnw'n gweiddi ar hytraws pa lifer y dylai Jac gydio ynddo a pha un i'w osgoi.

Llwyddodd Jac i lywio'r lori i fyny'r ffordd droellog o'r Harbwr i Benrallt, heb daro dim, a pharcio'r artic wrth giât Y Fron Dirion. Roedd Eilir yn ddiolchgar fod Meri Morris yno, hefo brws – wedi'i galw i lanhau lle'r oedd yr organ wedi bod – a bu'n gymorth i gadw'r meddwon mewn trefn. Cyn symud yr organ dechreuodd Oliver Parry fynd yn ffres hefo'i pherchennog.

'Be' am gusan imi, Daisy Derlwyn Piws?'

'Y?' a braw ych-â-fi yn ei llais.

'Y . . . Besi Berlwyn Hughes.'
Wedi i Meri'i fygwth â'r brws daeth at ei goed a mynd i helpu'r tri arall.

Wedi ei chael allan o'i chongl, rhwng y balmwydden a'r pared, organ fach oedd hi, ryw chwe troedfedd wrth bedair, ac yn ysgafn fel pluen. Pan oedd yr organ ar gael ei chodi dros y rhiniog cafodd Daisy bwl enbyd o grio i'w hances, 'Der, druan, a'i organ o yn mynd i'r capel.'

Wedi cael yr organ ar y trelar, ni châi neb ei rhaffu ond

Oliver Parry. Bygythiai fynd i gwffio gyda phawb a geisiai ei gynorthwyo. 'Y fi ydi'r dorman, y fforman yddwch.'

Roedd mynd i lawr y goriwaered troellog yn llawer anoddach a thinbren y lori yn taro sawl cilbost. Gwelodd Eilir un hen ŵr, dipyn o oed, yn lluchio'i feic dros glawdd gardd rhywun ac yn neidio ar ei ôl, o'i sefyll. Ymhell cyn cyrraedd yr Harbwr roedd Oli wedi llwyddo i agor yr organ, eistedd ar y stôl a chymryd arno gyfeilio iddo'i hun. Ond wrth dro Bethabara View, lle mae wyneb y ffordd ar ogwydd – capel Bethabara ar godiad, ar y chwith, a Bethabara View, fel yr awgryma'r enw, o dan y ffordd ar y dde – a Jac yn llywio i'r chwith i osgoi'r dyfnjwn, dechreuodd organ Derlwyn Hughes lithro drwy'r rhaffau. O edrych o'i ôl, yr hyn a welodd Eilir oedd tirlithriad: Oliver Parry a'r stôl yn cael eu hysgubo gyntaf, dros dŷ gwydr William Thomas, a'r organ yn eu dilyn ac yn landio ar y tŷ gwydr yn glindarddach o nodau digynghanedd ac yn briwsioni'n briciau mân.

*     *     *

'Eisteddwch, Mistyr Thomas, a g'newch eich hun yn gwbl gartefol.' Athroniaeth y pry cop a'r gwybedyn oedd un John James, ffyrm *James James, James John James a'i Fab, Cyfreithwyr,* gwau gwe ddeniadol i ddechrau a thagu'r gwybedyn yn nes ymlaen. 'Ydi Musus Thomas, mewn symol iechyd?'

'Ydi.' A chofiodd Eilir i Ceinwen ddweud iddi gael sgwrs hirfaith, ddiflas, hefo'r cyfreithiwr y noson flaenorol wrth bympiau petrol Garej Glanwern. 'Ond, ddaru chi'ch dau ddim taro ar eich gilydd neithiwr?'

'Mi ge's yr hyfrydwch hwnnw, do. Ond deudwch wrthi, yr un modd, 'mod i'n cofio ati hi yn gynnas ryfeddol.'

'Mi 'na i,' ond yn teimlo bod cario neges o'r fath yn gwbl ddianghenraid.

'Yn gynnas ryfeddol.' A 'rhyfeddol' oedd gair llanw John James.

Galw yn y swyddfa ar ei gais a wnaeth Eilir; John James, i arbed costau stamp, wedi anfon nodyn i'r perwyl hefo 'Now Cabaits' pan oedd hwnnw'n galw i hwrjio pysgod.

'Ma' nhw isio bedyddio'r babi, gei di weld,' meddai Ceinwen, yn neidio'r gwn.

'Bosib'.'

'Ond cofia fi ato fo.'

'At y babi?'

'Na, John James. Y ffŵl iti.'

'Mi 'na i, yn gynnas ryfeddol.' A'r ddau yn mynd i chwerthin.

Cyn gynted ag y camodd Eilir dros y trothwy i gyntedd y swyddfa synhwyrai fod pethau wedi llithro'n ôl i'r hen ffyrdd. Yng ngwres trefniadau y ddwy briodas, annisgwyl – John James a Coleen, a Miss Phillips a William Thomas, Bethabara View – bu peth sirioli ar y lle. Ond blodau o gapel y Bedyddwyr oedd ar y cownter unwaith eto – nid y rhai plastig, newydd – a'r rheini wedi mwy na thri chwarter gwywo o orfod gwrando ar weddïau hirfaith William Thomas dros amryw Suliau di-bregethwr, ac roedd y stribed dal gwybed wrth ben y cownter yn un fynwent o bryfaid wedi'u gorgrimetio yn haul dau haf. Roedd hi'n amlwg i'r ffroenau, hefyd, fod y lloriau pren yn dal i gael eu diheintio gyda chysondeb a bod y disinffectant yn ôl i'w hen gryfder, yn arferol frwnt i'r llwnc.

Pan gyrhaeddodd, croeso llugoer a gafodd Eilir gan yr ysgrifenyddes ond roedd yr un tremolo ag a fu yn ei llais, 'Chi sy'ma?'

'Wel ia.'

'Fedar John James, *James James, James John James a'i Fab, Cyfreithwyr* fod o unrhyw wasanaeth i chi?'

'Mistyr James sy' wedi anfon nodyn yn gofyn i mi alw.'

'Prysur ryfeddol ydi o. Ond mae o yn dymuno'ch gweld chi. Os dowch chi ar fy ôl i.'

A hithau yn ei dau ddwbl (effaith oes o gwmanu uwchben cenedlaethau o deipiaduron ystyfnig) arweiniodd y

Gweinidog ar hyd labrinth o goridorau tywyll i gyfeiriad ffau John James. O wrando ar rythm ei thraed blinedig yn powndio'r lloriau pren gwyddai Eilir, i sicrwydd, fod y bynion y cafodd ei naddu cyn ei phriodas wedi dechrau aildyfu a bod hithau'n cerdded mor herciog ag erioed.

'Y Parchedig Eilir Thomas wedi galw i'ch gweld chi, Mistyr James.'

'Diolch, Miss Phillips. M . . . Musus Thomas.' Hawdd oedd cymysgu wedi cynefindra deugain mlynedd.

'Diolch, Mistyr James.' Taflodd edrychiad digon hyll i gyferiad y Gweinidog a chau'r drws yn filain o'i hôl.

''Dw i'n 'i cha'l hi'n anodd, Mistyr Thomas, i gyfeirio at Hilda wrth ei henw priodasol, wedi'r holl flynyddoedd.'

'Debyg iawn.'

'Mi ddaeth yma yn nyddiau fy niweddar dad, yn syth o'r ysgol, i lenwi potiau inc bryd hynny a rhoi min ar bensiliau, ac yma mae hi byth.'

'A sut ma' Musus James gynnoch chi?' i newid stori a glywodd ganwaith o'r blaen.

'Musus James?' a rhythodd y cyfreithiwr yn gegagored i ryw wagle pell fel pe byddai'n ceisio galw i gof gwsmer y bu yn ei bluo yn y gorffennol a'i enw wedi mynd yn angof. 'Musus James, ddeutsoch chi?'

'Ia. Ych gwraig chi, Coleen . . . James.'

'O! Holi amdani hi yr ydach chi? Mae hi'n rhyfeddol o iach, a dweud y gwir. Yn rhyfeddol felly.'

Wedi ychydig rhagor o fân siarad, teimlai John James iddo felysu digon ar y wermod a oedd i ddilyn. Tynnodd stopwatsh allan o ddrôr y ddesg a galw ar ei ysgrifenyddes drwy intercom hynod o gryglyd, 'Ffeil y Parchedig Eilir Thomas, os gwelwch chi'n dda.'

'Mi ddo' i â hi yna rŵan, Mistyr James, cyn gyntad ag y medar 'y nhraed blinedig 'ngharia i.'

'Diolch, Musus William Thomas.'

'Diolch, Mistyr John James.'

Wedi agor ffeil foldew, a chychwyn y stopwatsh, dechreuodd John James ar y cyfweliad, 'Ychydig filiau s'gin i i'ch ystyriaeth chi, Mistyr Thomas.'

'Biliau?'

'Mae'r cynta ohonyn nhw oddi wrth fy nhad yng ngyfraith erbyn hyn,' ac ochneidio, 'Mistyr Shamus O'Flaherty Mulligan. 'Dydi hi ddim yn hawdd i mi ddarllen yr hyn a ysgrifennodd o. Ond peidiwch chi â phoeni am-hynny, mi rydw' i eisoes wedi gneud nodyn o faint o amsar gymrodd hi i mi i ddehongli'r hyn a ysgrifennwyd.'

'Felly!'

'Mae o'n ymddiheuro am ei fod o'r fath swm ag ydi o, ond mae o'n nodi fod diesel wedi codi yn ei bris yn ddiweddar. Mae o'n nodi, hefyd, y byddai symud yr organ gyda lori fechan wedi bod y rhatach ond bod ei briod o – gwraig grefyddol ryfeddol fel y gwyddon ni i gyd – am i'r 'offeiriad' gael y gorau.'

'Ond 'nes i ddim gofyn i neb anfon lori artic. A pheth arall 'dw i ddim yn offeiriad.'

Ataliodd John James y llanw â'i law, 'Cymryd y biliau i gyd gyda'i gilydd fyddai orau i ni, Mistyr Thomas. Os ca' i awgrymu hynny. Fydd yn daclusach felly. Ac ma' hwn', a thynnu bil arall allan o'r bwndel, 'oddi wrth Musus Daisy Derlwyn Hughes, Y Fron Dirion.'

'Be?'

'Ro'n i'n gynefin ryfeddol â'i diweddar ŵr hi, wrth bod ni'n dau'n yr un trêd, fel petai,' a chwarter gwenu. 'Mi fûm i'n gweithredu ar 'i ran o, sawl tro. Materion parthed tadolaeth yn amlach na pheidio. Bil ydi hwn am un organ drydan *Yamaha*, a'i gwneuthriad hi yn dderw. Rhodd Mistyr Derlwyn Hughes i'w annwyl briod, m . . . mewn dyddiau gwahanol.'

Hanner cododd y Gweinidog o'i gadair, wedi cynhyrfu'n lân, 'Ond fedar hi ddim codi am yr organ a hithau wedi'i rhoi hi i'r capal.'

'Ond ddaru hi ddim cyrraedd y capel, yn naddo Mistyr Thomas? Ond wrth mai cyfreithiwr i'r rhai sy'n erlyn ydw' i, fedra' i ddim mynegi barn.' Tynnodd dudalen arall o'r bwndel. 'Bil ydi hwn o'r *Lingerie Womenswear.*'

'O'r *Lingerie Womeswear?*' ac ofnodd Eilir, am foment, bod y diweddar Derlwyn, yn dal i yrru biliau allan o'r tu hwnt.

'O adran y dillad dynion, *menswear* felly. Ar ran Mistyr Oliver Emrys Parry, Paentiwr ac Addurnwr, am un trowsus gweddol dda. Mae'n debyg i Mistyr Oliver Emrys Parry landio ar lwyn o . . .' a bu rhaid i'r twrnai graffu'n fanylach ar y bil, 'o *berberry* pigog ryfeddol ac mae o, yn naturiol, am gael trowsus arall.'

'Ond 'doedd y boi yn feddw gaib.'

Cododd John James ei law unwaith eto, 'Nid ein gwaith ni, fel cyfreithwyr, Mistyr Thomas, ydi moesoli. Fe adawa' i hynny i'ch proffesiwn chi.'

'Ond mi roedd o'n feddw.'

'A dyma'r olaf o'r biliau, Mistyr Thomas, fel mae'n dda gen i ddweud, ond y trymaf serch hynny. Ac mae yna lythyr bygythiol ryfeddol wedi'i binio iddo fo. Oddi wrth Mistyr William Thomas, Bethabara View mae o, priod Musus Hilda Thomas, y bu i ni ei chyfarfod hi ryw hannar awr yn ôl. Mae Mistyr William Thomas yn hawlio tŷ gwydr newydd, o goed derw, pedair troedfedd ar ddeg wrth ddeuddag. Wna' i ddim darllan y lythyr amgaeëdig i gyd, rhag ofn y byddai clywed rhai pethau yn niweidiol i achos Mistyr Thomas. Ond mae o'n honni, mai'r ffaith ei fod o'n Fedyddiwr mor selog a'i cadwodd o rhag cael ei ladd. Petai o'n Annibynnwr, neu'n arbennig yn Fethodus, y tebyg ydi y bydda' fo yn y tŷ gwydr ar y pryd.'

'Mi a' i i garchar cyn tala'i filiau fel hyn.'

'E'lla ma' dyna fydd eich rhan chi, Mistyr Thomas. Ond, yn ffodus i mi, matar i lys barn fydd penderfynu hynny. Ond mae'n rhaid imi ddweud fy mod i'n edmygu eich ysbryd milwriaethus chi. Gyda llaw, os byddwch chi am gael cymorth cyfreithiol mae yna fachgen ifanc, Washington Davies, newydd ddechrau yn hen ffyrm Derlwyn Hughes ac maen nhw'n dweud i mi ei fod yn ŵr ifanc addawol ryfeddol, addawol ryfeddol. Dipyn yn ddrud, hwyrach, ond addawol ryfeddol.'

Cododd y cyfreithiwr ar ei draed i arwyddo fod y sesiwn ar ben ac mai'r peth doethaf i'r Gweinidog fyddai ymadael yn dawel i lyfu'i friwiau a mynd ati i godi arian i gwrdd â'r biliau. 'Wrth gwrs, mi fydda' i yn anfon costau'r cyfweliad yma i chi yn nes ymlaen.' Edrychodd ar y stopwatsh, 'Mae o wedi mynd yn gyfweliad hir ryfeddol. Llawer hwy nag o'n i wedi'i feddwl. Dydd da, Mistyr Thomas.'

'Ond hannar munud.'

'A chofiwch fi at Musus Thomas yn gynnas ryfeddol. Yn gynnas ryfeddol. Dydd da, rŵan.'

*   *   *

Bil gweddol fychan – bil dyn yn cychwyn busnes – oedd un Washington Davies. Llwyddodd y cyfreithiwr ifanc i berswadio Oliver Parry i fodloni ar drowsus llawer rhatach gan ei fod yn rhannol gyfrifol am y codwm a gafodd. Wedi cryn wylo i'w hances, cytunodd Daisy Derlwyn Hughes fod diflaniad yr organ yn glo ar bennod ramantus yn ei bywyd ac yn gyfle i gladdu atgofion a fyddai'n dal i ailagor briw. Wedi i'r Tad Finnigan ymyrryd, a bygwth purdan, hanerodd Kathleen Mulligan fil y mudo a gadael dim i'w dalu ond pris y diesel yn unig . Trwy garedigrwydd yr 'hogiau' cafodd Capel y Cei fenthyg organ electronig o'r 'Fleece' ar gyfer y gwasanaethau. Yn anffodus, roedd hi'n fath o organ a cherddoriaeth wedi'i rhaglennu i mewn iddi. Yn ddamweiniol un bore Sul, fe bwysodd Cecil fotwm anghywir a rhwng pob llinell o emyn digon cysegredig llanwyd Capel y Cei â'r Dubliners yn morio *Whiskey in the Jar.*

Ond i adfer pob gobaith, daeth Felix Doughty o Knotty Ash yn ôl i Borth yr Aur ac i Gapel y Cei. Gosododd yr ystol – ystol y capel – ar bibau'r organ, tynnu'i sgidiau, dringo a deifio i'w choluddion. Yn ôl John Wyn, 'does yna ddim sicrwydd pryd y daw o i olau dydd ond mae yna siawns y daw organ 'William Hill a'i Fab' i ganu am flynyddoedd eto. Dim ond i Cecil, chwedl Ifan Jones, beidio â dewis *Pen yr Yrfa*.

## 4. *FELIX DOUGHTY O KNOTTY ASH*

Gyda chalon dyn yn cerdded i'w grocbren y cychwynnodd y Gweinidog am 'bwyllgor yr organ' – o bob dim. Am unwaith, roedd o wedi gweld y golau coch mewn pryd a Ceinwen, yn groes i'w harfer, yn gweld y gwyrdd.

'Well iti fynd, Eil,' perswadiodd ei wraig. 'O fod yno, e'lla y medri di gymedroli mymryn ar y sefyllfa. Os bydd y gath yn absennol wyddost ti ddim pa lanast' 'neith y llygod.'

'Ar y Felix Doughty hwnnw ma'r bai.'

'Bosib'.

'Y fo werthodd y syniad 'te. A John Wyn, wedyn, yn 'i brynu o yn y fan a'r lle, heb gymaint â llyncu'i boeri.'

Roedd hynny yn hanner gwir. Wrth ddod i fyny o berfeddion yr organ, wedi llwyddo i'w chael i ailddechrau canu, a John Wyn yn dal yr ysgol iddo, sylwodd Felix Doughty o Knotty Ash ar enw'r ffyrm a'i hadeiladodd a'r dyddiad y cwblhawyd y gwaith. Eleni, roedd yr organ a adeiladodd William Hill a'i Fab, Swindon, yn cyrraedd y cant a theimlai Felix y dylai'r eglwys ddathlu hynny gyda gwledd o gerddoriaeth a sawl digwyddiad arall. Aeth cyn belled â chynnig dod bob cam o Lerpwl i Borth yr Aur i roi datganiad ar yr organ, a hynny am ddim – ar wahân i'r ychydig litrau o betrol a yfai'r fan.

I ddangos ei blu cerddorol, aeth Doughty i eistedd ar stôl yr organ – yn ei ofarôl – tynnu'r stops allan at eu corn gyddfau a dechrau chwarae *Toccata* gan Dubois yn y modd mwyaf grymus. Llanwyd yr adeilad gwag â cherddoriaeth fawreddog, dechreuodd y siandelïers swingio i rythm y miwsig a daeth byddin o bryfaid cop allan drwy gegau'r pibau ar yr hast mwyaf, heb hyd yn oed gael amser i chwilio am eu cotiau glaw. Serch yr anghytgord a berthynai i'w natur, daliwyd John Wyn gan y rhyferthwy. Wedi'r cwbl, ei nain o ochr ei dad, Ann Wyn – 'yr 'Hen Diwn Gron' fel y cyfeirid ati – oedd y gyfeilyddes gyntaf erioed i roi tro ar yr organ pan oedd hi'n newydd. Glynodd at y gwaith hwnnw am hanner canrif a mygu pob dawn ifanc arall.

'Glywist ti o'r blaen, Cein, am gapal yn dathlu canmlwyddiant organ?'

'Naddo. Ond ma'na ddechrau i bob dim, 'does?'

'Dathlu canmlwyddiant yr achos, ia. A chanmlwyddiant adeilad, os oes raid. Ond canmlwyddiant organ!'

'Ond mi fydd yn ddigwyddiad, yn bydd? Yli, ma' hi bron yn saith.'

'Ma' hi wedi saith. 'Dw i'n mynd.'

*    *    *

Wedi cyrraedd y festri, â'i wynt yn ei ddwrn, teimlai mai'i ddyletswydd gyntaf – wedi arwain defosiwn byr – oedd egluro natur y pwyllgor a chylch ei waith. Dechreuodd ar y droed anghywir, 'Diolch i chi, un ac oll, am bresenoli'ch hunain yma heno. Well imi egluro ar y dechrau ma' pwyllgor *ad hoc* ydi hwn.'

'Pwyllgor at y cloc?' holodd Ifan Jones mewn dryswch mawr. 'I be' ma' isio pwyllgora ynghylch hwnnw? 'Dydi o'n cadw amsar fel watsh.'

Aeth Cecil Siswrn, a eisteddai yng nghôl yr hen ŵr, yn sent i gyd, i sterics, '*Farmer* Jones, siwgr, lle ma'ch *tin whistle* chi, *once again?'* Trodd at y merched a oedd yn aelodau o'r pwyllgor, 'Sgiws yr ymadrodd, *ladies.'*

'Mae o ym mhocad 'y nhrowsus i, fath ag arfar,' atebodd yr hen ffarmwr yn ddiniweidrwydd i gyd.

Aeth Cecil i fwy o sterics, 'A lle byddwch chi'n cadw'ch sbectols, Ifan Jones, *if I may ask?* Yn ych trôns?'

'Na, ma' rheini ar 'y nhrwyn i,' ebe'r hen ŵr wedyn. 'Ne' faswn i ddim yn medru gweld, na faswn?'

'Wel rhowch y *thing-me-jig* clywad yn ych clust 'ta, *Farmer* Jones, i chi ga'l dallt be' ma' 'nghariad i yn drio ddeud wrthan ni,' a chyferio at ei Weinidog yn or-fynwesol a pheri i hwnnw deimlo'n annifyr ryfeddol.

Hyd y gwyddai Eilir, Ifan Jones oedd yr unig un a chanddo gymorth clyw a allai, yn ddamweiniol, godi gorsafoedd radio o wledydd tramor a sawl peth annymunol arall. Wedi i Ifan stryffaglio i gael y teclyn hynafol o boced ei drowsus, a'i wthio i'w glust, a chwarae hefo'r olwyn, llanwyd yr ystafell â sylwebaeth a ddeuai yn unionsyth o siop O'Hara'r Bwci, ganllath i ffwrdd:

*'It's seven fifteen, and we go over to Bill at Wolverhampton.'*

*'Thanks Graham. And here at Wolverhamton the six runners are under starters' orders. From the inside we have Discord, Joy of Music, Celebration, Barrel Organ, Doubtful and the favourite, John's Centenary. And they're off. It's John's Centenary in the lead, with Discord and Joy of Music in hot pursuit. Followed by Doubtful, Celebration and Barrel Organ. As they come out of the bend, it's Discord . . .'*

Wedi peth ffidlan pellach hefo'r olwyn, llwyddodd yr hen ffarmwr i dracio'r llwybr priodol a llanwyd y festri â thawelwch – hyd nes i Cecil dorri ar hwnnw. Trodd at ei Weinidog, cyffwrdd ei fraich yn dyner a chyfeirio at ei ymrwymiadau busnes, 'Mi fedrwch ddechrau rŵan, cariad, *so we can all go home.* Ma' gin i *hot-pot on the boil* a dau datŵ ar hannar sychu.'

Wedi i'r gwynt gael ei dynnu o'i hwyliau ar ddechrau'r

pwyllgor, penderfynodd Eilir egluro'n fyr nad oedd hi'n arferol i ddathlu canmlwyddiant organ mewn capel ond mai mater i'r pwyllgor – ac osgoi defnyddio unrhyw air a swniai'n debyg i 'gloc' – oedd penderfynu hynny. Yn y fan, teimlodd y llanw'n codi yn ei erbyn. Ei siom mwyaf, fodd bynnag, oedd clywed Dwynwen – y callaf o'r criw – yn dadlau o blaid y syniad.

'Cynnig ein bod ni'n mynd ati rhagblaen i 'neud trefniadau.'

'Be'? Dathlu bod yr organ yn ca'l 'i phen-blwydd?'

Synhwyrodd Dwynwen fod yna wenwyn yn y colyn. 'Nid oed yr organ ydi'r peth mawr, Eilir.'

'O?'

'Na. Er ma'r Salmydd yn ein cymell ni i "foli â thannau ac ag organ",' a thanlinellu'r gair 'organ'. 'Ond achlysur fydd o 'te. Digwyddiad. Cyfle i ni fel capal i beri i rwbath newydd a gwahanol ddigwydd.' Dechreuodd Eilir amau fod Ceinwen a hithau wedi bod yn trafod ymlaen llaw. Roedd y ddwy yn bennaf ffrindiau. 'Ond mi fydd yn gyfla hefyd, wrth fynd heibio fel petai, i gofio gwasanaeth y rhai a fu'n flaenllaw gyda chaniadaeth y cysegr yng Nghapal y Cei yn ystod y can mlynedd.' Ac aeth Dwynwen ati i ddyfynnu, ' "Canmolwn yn awr y gwŷr enwog, a'n tadau a'n cenhedlodd ni", a merched enwog o ran hynny. Dyna ma'r Beibl yn 'i ddeud.'

'Yr Apocryffa,' cywirodd y Gweinidog.

'Mae o'n wir 'run fath,' brathodd hithau.

Aeth y Gweinidog i fwy o ddŵr poeth fyth pan aed ati i drafod natur y dathlu. 'Cynnig ein bod ni'n ca'l ras chwyad,' meddai Fred Phillips, yr Adeiladydd, allan o'i ddyfnder mewn pwyllgor o'r fath.

'Ras chwyad?' holodd y Gweinidog yn gobeithio iddo gamglywed.

'Rhai plastig felly.'

'Ia. Wn i. 'Don i ddim yn meddwl am rai byw.'

'Mi allan ni'u lluchio nhw i'r dŵr wrth y Bont Gam a rhoi

bet, wedyn, chwadan pwy fydda'r gynta' i gyrraedd Doc Alberta. Ac mi fasa' Ffrîd 'cw a finnau, y . . . Musus Phillips felly, wrth bod ni'n Faer a Maeres y dre . . .'

'Am yr eildro', ebe Hopkins y Banc, yn siarad ar draws er mwyn rhoi'r darlun yn llawn ond heb ychwanegu mai ffyrm Plas Coch oedd un o'i gwsmeriaid gorau.

'Wel ia. Diolch Hopkins. Deud ro'n i y basa ni'n dau yn rhoi potal wisgi . . .' a chafodd bwniad egr yn ei ais.

Llanwyd blows gynnil Freda Phillips â chynddaredd a gwnaeth siâp botwm â'i cheg, 'Lw.'

'Lw?'

'Lw!'

'O! Potal o lwcosêd oedd gin Musus Phillips a finnau mewn golwg. 'Ddrwg gin i, Blodyn.'

'Triwch gofio ymhle'r ydach chi, Twdls.'

Boddi cyn cyrraedd y lan fu hanes hwyaid plastig Fred Phillips. Ond pan gyfeiriodd John Wyn at Felix Doughty o Knotty Ash a'r posibilrwydd o gael datganiad ganddo ar yr organ, a hynny am ddim mwy na diod i'w ferlyn, cafodd gefnogaeth frwd.

'Cynnig ein bod ni'n gofyn i Mistyr Doubtful yn ddiymdroi,' ebe Moi Tatws, wedi camglywed yr enw.

'Doughty!' cywirodd amryw.

'Ia siŵr. Er y gall pethau droi fel arall. Cynnig yr enw yr un fath.'

'Eilio fy mrawd,' meddai Clifford Williams, Garej Glanwern, 'ac mi ro' innau ddigon o betrol yn 'i danc o i' gario fo adra. Ond mi fydd raid iddo fo ddŵad yma ar 'i stêm 'i hun. A hwyrach y bydda'r eglwys mor garedig â rhoi tama'd iddo fo 'i f'yta, os bydd o angan peth felly.'

Wedi sylwi ar haelioni Cliff Pwmp, os haelioni hefyd, dechreuodd eraill ddatod llinynnau'u pyrsau.

'Mistyr Thomas, cariad,' ebe Cecil, *let's have a buffet as well.*'

'Be' yn union s'gynnoch chi mewn golwg, Cecil?'

'Wel, be' am ddathlu'r *occasion* hefo *cup in hand, and a few nibbles?* Mi ofala i am y *vol-au-vents,* os gneith *ladies* y capal ofalu am y *refreshments.*'

'Diolch yn fawr ichi am y cynnig hael yna. Ac mi fydda'n beth da i 'neud noson gymdeithasol ohoni. Cyfla inni gymysgu hefo'n gilydd a chyfarfod â hen ffrindiau.'

'Ro' innau'r llefrith,' cynigiodd Meri Morris, ond wysg ei phen ôl braidd.

'Wel, dyna ni,' meddai'r Gweinidog yn gweld gobaith cyrraedd glan ac yn hwylio i godi. 'Mi gawn ni setlo ar ddyddiad yn nes ymlaen. Fydd yr organ ddim yn gant am ddeufis arall.' Yna, sylwodd ar William Howarth yn ystwyrian a John Wyn ac yntau yn taflu cip at ei gilydd.

'Un peth bach, cyn i ni fynd i'n cartrefi,' apeliodd yr Ymgymerwr.

'Ia, Mistyr Howarth?'

'Teimlo rydw' i y dyla' bod yna ryw gyfeiriad yn ystod y dathliad at y ddiweddar Ann Wyn. Mi fu wrth yr organ 'ma am hannar can mlynadd.'

'Pwy oedd honno?' holodd gwraig o'r cefn.

'Nain,' meddai John Wyn gyda balchder.

''R'hen Diwn Gron' fel y bydda' pawb yn 'i galw hi,' eglurodd Fred Phillips, yn troi'i ben at yn ôl, yn bwriadu rhoi'r cyfeirnod grid i'r wraig yn y cefn.

Aeth y siâp botwm ar weflau Ffrîd Plas Coch yn seis pêl golff, 'Twdls, cariad, ble ma'ch manyrs chi?'

'Ddrwg gin i, Blodyn.'

'Ma' gin innau bot corn,' chwyrnodd John yn llacio'i goler a thei ac yn mynd ati i dalu pwyth yn ôl. 'Pot corn ma' Phillips 'ma wedi addo smentio rownd 'i fôn o imi ers dwy flynadd. Pan fydd hi'n dywydd mawr mi rydw' i'n gorfod cysgu hefo pwcad ar 'y mrest.' Ac un o wendidau mawr yr Ysgrifennydd oedd gorliwio pethau. 'Ond i ddŵad yn ôl at y matar o dan sylw. Mi rydw innau'n teimlo, fel fy nghyfaill, William Howarth,' a pherthynas Herod a Pheilat oedd rhwng y ddau yn arferol,' y dylan ni anrhyddeddu cewri'r gorffennol, y rhai a ddaliodd bwys a gwres y dydd. Yr hen Richard Willia's, taid Howarth 'ma o ochr ei fam, oedd y codwr canu cynta' welodd yr organ. Er ma' torrwr beddau oedd o, ac na fedra fo na darllan na sgwennu, roedd gynno fo glust ardderchog. Cynnig ein bod ni'n anrhyddeddu yr hen Richard yr un pryd.'

Cymrodd gryn hanner awr arall i'r pwyllgor daro ar syniad sut i anrhyddeddu caredigion cynnar yr organ. Unwaith eto, Dwynwen a gafodd y weledigaeth.

'Ga'i 'neud cynnig, Eilir?'

'Wrth gwrs. A'i 'neud o mor gryno â phosibl. Mae hi yn mynd yn hwyr.'

'Teimlo rydw' i bod angan rwbath â gafa'l ynddo fo i gofio amgylchiad mor arbennig â hwn. Fydd y gerddoriaeth, a'r swper gawn ni, ddim ond atgof yn fuan iawn. Mi rydan ni angen rwbath y gall pobol 'i gadw fo yn 'u tai a'i ddangos o i'w plant ac i blant eu plant.'

'Fel be'?' ymyrrodd y Gweinidog yn gweld y cynnig yn troi'n anerchiad.

'Wel, be' am gwpan a sosar?'

'Cwpan a sosar?'

'Ia, Eilir. Mi wn i am ddigon o gapeli sy' wedi cynhyrchu cwpanau i ddathlu canmlwyddiant. Ac yna, mae llun y capal ar y cwpan. '

'A pha lun sy' gynnoch chi mewn golwg?' holodd y Gweinidog yn hanner wfftio'r syniad. 'Llun yr organ?'

'Nid llun, Eilir, ond lluniau. Lluniau y ddiweddar Ann Wyn a'r diweddar Richard Willia's. Mi fedrach roi llun yr organyddes ar ochor y cwpan a'r codwr canu ar ymyl y sosar.'

'Cynnig,' meddai'r Ysgrifennydd fel ergyd o wn, yn gweld ochr cwpan yn well safle i'w nain nag ymyl soser. 'Ac mi wn i fod fy nghyfaill, William Howarth, yn eilio.'

'Ond be' gostith job felly?' holodd Hopkins a oedd newydd ei ddewis yn drysorydd yr eglwys i olynu Cecil, ''Dydi llestri, fel y gwyddon ni un ac oll, ddim yn bethau rhad.'

'Na na, Mistyr Hopkins,' eglurodd Dwynwen. 'Llestri fydd y rhain i'w gwerthu wedyn. Ac os g'nawn ni'n syms yn iawn fe ddyla' hynny ddŵad ag elw i'r capal. Digon, hwyrach, i dalu am drwsio'r organ.'

'Ond ble cawn ni afa'l ar lestri o'r fath?' holodd y wraig o'r cefn.

Dyna'r eildro o fewn awr a hanner i'r Gweinidog roi'i draed ynddi, 'Wel, ma'na ddigon o gwmnïau sy'n cynnig gwasanaeth o'r fath i eglwysi. Yn wir, ma'na sawl cylchgrawn yn y tŷ 'cw sy'n cynnwys enwau a chyfeiriadau cwmnïau felly.'

Llyncwyd yr awgrym hwnnw gyrn, croen a charnau. Toddodd y pwyllgor yn y fan a'r lle a llifo allan o'r festri yn afon gref lifeiriol gan adael y Gweinidog, druan, â'i drowsus dros ei sgidiau.

*       *       *

Fel ei gŵr, roedd Ceinwen wedi gwirioni'n bot ar y cwpan a soser o grochenwaith hyfryd Connemara. Daliodd y cwpan a'r soser rhyngddi a ffenest y gegin, yn haul y bore, ''Dydyn nhw'n ddigon o ryfeddod, Eil?'

'Ma' nhw. Dim ond sampl ydi rhain, cofia. Ond mi fydd y rhai gawn ni o'r un ansawdd, yn ôl Shamus.'

'Gwyn ydi'r lliw ac eto mae yna arlliw o wyrdd yn y llestri, dim ond iti 'u dal nhw i fyny i'r golau. Mi a'n fel penwaig Nefyn. Faint 'ti wedi ordro?'

'Dau gant a hannar. Awgrym Dwynwen.'

'Fydd hynny ddim hannar digon, 'gei di weld.'

'Mi fydd yn bosib' ordro rhagor, debyg.'

'Ma' ryw gwpanau fel hyn, fel rheol, yn dew ac yn drwm,' a phwyso'r cwpan a'r soser â'i dwylo. 'Yn fwy o fygiau, wir, nag o gwpanau. Ond ma' rhain fel plu o ysgafn. Fel plu. Deud i mi, Eil, pwy ydi'r dyn sy' â'i lun ar ochor y cwpan?'

''Sgin i ddim obadeia. Rhyw Wyddal enwog o'r Connemara, yn ôl Shamus. A'i wraig o, ma'n debyg, ydi'r wraig dew sy'n ista ar gongl y soser.'

'Trystio chi'r dynion i ga'l y lle gorau.'

'Ac ma'r pris yn rhesymol, Cein.'

'Ma' nhw.'

'Roedd be' welis i ar y we'n ganmil drutach.'

''Dda i ti daro ar Shamus, felly.'

'Oedd.'


Ar ddamwain y trawodd y Gweinidog ar Shamus Mulligan wrth giatiau'r eglwys Gatholig yn pwyso ar fonet un o'i lorïau tarmacio; y gôt felen pob tywydd yn hongian ar ei ysgwyddau a'i grys yn agored hyd y bogel, het a oedd yn fwy o darmac nag o felfaréd yn ôl ar ei gorun ac amser y byd ar ei ddwylo. Cododd o'i ledorwedd o weld Eilir yn dod i'w gyfeiriad.

'Neis gweld chdi, Bos,' lluchio'i stwmp a'i sodlu i'r palmant.

'Sudach chi, Shamus?'

'Teimlo'n prowd, ia?'

'Prowd?'

''Ti 'di clywad y gwd niws?'

'Na.'

''Ti'n gw'bod Coleen? 'Ogan bach fi.'

'Wrth gwrs 'mod i. Gwraig John James.'

'Boi giami, ia,' ebe Shamus yn canghennu'i stori.

'Pwy? John James?'

'Ma' fo'n gwrthod gada'l i hogia' Shamus cadw loris tarmac nhw yn 'i gardd cefn o.'

'Wel matar i chi fel teulu ydi hynny. Deud bod chi'n teimlo'n falch roeddach chi.'

'Na, Bos. Deud bo' fi'n teimlo'n prowd, ia?'

Penderfynodd y Gweinidog beidio â mynd ati i hollti matsien, 'Wela i. Pam hynny?'

'Ma' fo'n disgw'l eto, cofia.'

'Coleen? Wel, 'dydi'r bychan s'gynnyn nhw fawr o oed.'

'*Quick off the mark*, ia.'

'A John James. Wel, yn 'i oed o.'

''Dw i'n gw'bod, Bos. Ma' fo'n hen. Ond ma' Coleen yn *ten to one certain* ma' fo sy' 'di saethu.'

'Well i mi'i throi hi rŵan, Shamus,' meddai'r Gweinidog yn arswydo o orfod gwrando ar y fath anfoesoldeb ac yn teimlo i'r byw dros y twrnai, druan, wedi'i orfodi i chwarae'r ail ffidil os nad un ymhellach yn ôl ar y llwyfan na hynny. 'Mi wn i ych bod chi'n brysur.'

'Tad Finnigan, sy' 'di chwythu'i top, ia.'

'Pam hynny?'

Taflodd Shamus Mulligan ei ben tuag yn ôl ac arwain llygaid y Gweinidog ar draws llain o dir gwyrdd at adeilad to fflat a oedd yn gysylltiol â'r eglwys Gatholig – math o neuadd, lle cynhaliai'r Offeiriad ei fingo wythnosol a gweithgareddau cymdeithasol eraill. Ar ben y to, yn ei siwt glerigol a beret du ar ei ben, roedd y Tad Finnigan ei hun a hogiau Mulligan yn gylch o ddisgyblion o'i amgylch. Roedd hi'n amlwg i Eilir fod Finnigan, serch ei fod yn nannedd y pedwar ugain, wedi mynd at y gwaith o aildoi 'i hun a bod meibion Shamus – Patrick, Michael, Eamon, Liam a dau neu dri arall – yn estyn a chyrraedd iddo yn ôl ei gomand. Yng nghysgod mur yr eglwys roedd yna dân yn fflamio a chymylau o fwg du, trwchus yn codi i'r awyr.

'Be', aildoi'r to fflat ydach chi?'

''Ti'n iawn, Bos.'

'Ond ddaru chi ddim gneud hynny 'chydig yn ôl? Yr un pryd ag oeddach chi'n tarmacio'r dreif.'

'Do,' atebodd Shamus ac ysgwyd ei ben yn brudd, 'ond daru fo godi yn haul, cofia. A ma' Tad Finnigan am gyrru hogia' fi i *purgatory*.'

Fel roedd Eiilir yn gadael galwodd y tarmaciwr ar ei ôl, dyna'i arfer, 'Clywad bod chdi'n mynd i ca'l *knees-up* yn capal chdi.'

'*Knees-up?*'

'Wrth bod organ chdi yn cant oed.'

'Ma' 'na ddathlu i fod, oes.' Sut ar y ddaear roedd Shamus

Mulligan, bob amser, yn cael y bwletinau diweddaraf o Gapel y Cei cyn i drwch yr aelodau gael unrhyw achlust?

'O'dd mêt chdi, Jac, yn deud bo' chdi am rhoi cwpan a sosar i *club members*.'

'Nid rhoi. Gwerthu nhw.'

''Ti di ca'l rhei, Bos?'

'Ddim eto. 'Dw' i wedi gweld rhai ar y we. Ond bod nhw fel pupur o ddrud.'

'Gwranda, Bos. Fedar Shamus ca'l rhei i chdi, *dirt cheap*.'

'Be'? Cwpanau a soseri?'

''Ti'n cofio Yncl Jo Maclaverty fi. O Ballinaboy.'

'Ydw,' ond heb ychwanegu iddo wneud ei orau i anghofio'r gwerthwr mawn meddw hwnnw a drodd briodas yn syrcas a bedydd yn wylmabsant.

'Boi joli, ia?'

'Bosib'.'

'Mawn fo dim yn gwerthu'n da rŵan, Bos. A ma' Yncl Jo 'di ca'l seid-lein.'

'O?'

'Connemara *pottery*. Ma' gynno fo llestri grêt, cofia.'

Rhag ofn iddo syrthio i drap arall, fel y gwnaeth sawl tro o'r blaen yng nghwmni Shamus Mulligan, ceisiodd Eilir roi stori lawnach a nodi rhai anawsterau posibl. 'Ond mi fydd hi'n ofynnol i roi lluniau ar y llestri yma. Un llun ar ochor y cwpan a llun arall ar ymyl y sosar.'

'*Easy*, ia.' Roedd Shamus wedi croesi'r bont hon cyn i'r Gweinidog brin ei chyrraedd. Gwyddai, hefyd, pa luniau, oedd yn yr arfaeth. 'Llun taid dyn claddu chdi ar y sosar, ia? A nain boi blin,' am John Wyn, 'ar ochor cwpan. Os gnei di sganio llunia', Bos, yna, gneith Shamus gyrru nhw down y lein i Yncl Jo.'

Ceisiodd Eilir feddwl am anhawster arall, 'Wel, fedra' i ddim prynu cwpanau a soseri, Shamus, heb 'u gweld nhw i ddechrau. Prynu cath mewn cwd fydda' hynny.'

Camddeallodd Shamus Mulligan yr idiom. 'Doedd y

Mulliganiaid, serch eu harfer o siarad Cymraeg yn gyson, ddim yn gryf cyn belled ag roedd idiomau a threigliadau'r iaith yn y cwestiwn. 'Sori, Bos. 'Dydi Yncl Jo dim yn gwerthu cathod. Wel, dim eto, ia.'

'Ffordd o siarad oedd sôn am gath, Shamus.'

Aeth y tarmaciwr yn fyw i gyd, ''Ti adra heno, Bos? Ar ôl hannar nos.'

'Bydda. Ymhell cyn hynny.'

'Daw un o hogia' Shamus â cwpan a sosar i chdi ga'l stag arnyn nhw. Cyn i chdi talu cash, ia.'

Clywodd Eilir y Tad Finnigan yn gweiddi nerth esgyrn ei ben o ben y to fflat yn ei Saesneg Gwyddelig, *'Mulligan!'*

*'Yes Father?'* a hanner bowio'n daeog.

*'The stuff these hooligans are puttin' on the roof of the house of God is thinner than a gnats wing. 'Tis no good at all. No good at all.'*

Trodd at y Gweinidog, ''Na'i gweld chdi eto, Bos.'

*'Mulligan!'*

*'I'll be there now, Father.'*


Chafodd y Gweinidog, gyda help Ceinwen, fawr o drafferth i sganio'r ddau lun a'u hanfon ymlaen i Shamus Mulligan. Anfonodd Shamus e-bost, hynod wallus ei Gymraeg, yn ôl i Eilir i ddweud fod y 'taid dyn claddu chdi' a 'nain boi blin' wedi'u hanfon i ben eu taith yn Ballinaboy. Cael gafael ar y lluniau yn y lle cyntaf, dyna a fu'n anodd.

Pan alwodd ym mharlwr angladdau William Howarth, un pnawn, dyna lle'r oedd yr Ymgymerwr yn eistedd tu ôl i'w ddesg wedi'i gladdu, mwy neu lai, o dan gonffeti o luniau a gŵr hynod o debyg ymhob llun: yn gwisgo'r un math o siwt ac eistedd ar yr un math o gadair: gard wats ar draws pob brest a mwstas tywyll, bygythiol o dan bob trwyn; pob un yn rhythu yn ddi-wên dros y bryniau pell.

''Steddwch, Mistyr Thomas.'

'Diolch i chi.'

'Methu'n lân a gw'bod p'run o rhain ydi 'nhaid 'dw i,' eglurodd yr Ymgymerwr, yn shyfflo'r lluniau drwy'i gilydd fel petai'n chwarae chwist.

'Haws i chi ddeud na fi, Mistyr Howarth.'

''Drychwch chi arnyn nhw. E'lla medrwch chi weld rhyw debygrwydd i mi yn un ohonyn nhw.'

Craffodd y Gweinidog ar y lluniau, fesul un ac un, ac ar Howarth ar yn ail, 'Ma' nhw i gyd yn hynod o debyg.' Cafodd syniad carlamus, ''Doedd gan ych hen nain ddim sawl set o efeilliaid, debyg?'

'Ddim o gwbl. 'Taid Richard' oedd yr unig blentyn. Ond mi fuo farw pan o'n i yn 'y 'nghlytiau. Pigwch chi y tebyca' i mi ohonyn nhw,' apeliodd Howarth, 'ac mi gymra' innau'ch gair chi.'

'Ydach chi'n siŵr?' ond yn teimlo fod yr egwyddor yn un beryglus i weithredu arni.

'Ma' gin i g'nebrwn', ylwch, o hyn i ben chwartar awr.'

Gan fod Howarth yn ŵr corfforol syrthiodd Eilir am y tewaf o'r criw, un yn sgowlio braidd a chanddo glamp o dagell o dan ei ên. 'Hwn, hwyrach, ydi'r tebyca' i chi. Mwya' yn y byd rydw' i'n graffu arno fo, tebyca' i chi mae o'n mynd.'

'Diolch i chi. Hwnna o'n i wedi'i ddewis hefyd.'

Rhoddodd Howarth ei 'daid' o'r neilltu a lluchio gweddill y gefeilliaid i ddrôr y ddesg. Cymrodd y llun o ddewis y Gweinidog a'i stwffio i amlen wen ac iddi ymylon du ac enw'r ffyrm a'r rhif ffôn wedi'u hargraffu ar gefn tafod yr amlen. 'Diolch i chi am alw Mistyr Thomas. Mi edrycha' i ymlaen, rŵan, at weld y soseri pan fyddan nhw wedi landio.'

Ar ei ffordd adref galwodd Eilir yn Swyddfa'r Cofrestrydd i gasglu'r ail lun. Ar alwad un o'i staff, daeth John Wyn ei hun i'r golwg ac arwain y Gweinidog i ystafell aros ger y drws, a'i gadw i sefyll. Aeth i boced cesail ei siwt a thynnu amlen allan ac yna tynnu llun allan o'r amlen honno a'i wthio ar Eilir, 'Dyma Nain i chi. Pan oedd hi'n hogan ifanc, yn 'i phreim.'

'Wela' i'.

95

Roedd y llun yn ysgafnach ei liw nag un Howarth, ac ychwaneg o wrthgyferbyniad ynddo rhwng y du a'r gwyn. Yn lledorwedd yng nghôl dyn a edrychai rai blynyddoedd yn hŷn na hi, a hwnnw mewn siwt llongwr, roedd merch ifanc yn gwisgo blows sidan wen gyda broetsh gameo yn cau'r gwddw, sgert ddu laes hyd at ei thraed a mymryn o siôl ar ei hysgwydd. Craffodd Eilir arni. Roedd iddi wyneb merch artistig gyda'i gwallt – golau i bob golwg– wedi'i gribo'n ôl yn barchus dynn a'i binio'n fynnen ar ei gwar.

'Ych taid a'ch nain?'

'Nain.'

'Ond pwy ydi'r dyn 'ma mewn dillad llongwr?'

'Dyna mhroblem i, ylwch.'

'Mi rydach chi'n sicr ma' nid ych taid ydi o? Yn ifanc?'

''Dydw i yn cofio hwnnw,' arthiodd yr Ysgrifennydd. ''D'âi hwnnw ddim i olwg y môr dros 'i grogi. Dim hyd yn oed i olchi 'i draed. Na, ma' gin i ofn ma' fforinar ydi hwn.'

'Fforinar?'

'Ia, rwbath dda'th i'r lan i Borth yr Aur, am noson ne' ddwy, adag y rhyfal byd cynta', a mynd fymryn yn ffresh hefo Nain.'

'Eto, ma'r ddau i'w gweld yn glòs iawn,' profociodd y Gweinidog, er mwyn plagio'r 'dyn blin'.

'Dyna sy'n ofid imi 'te. A leciwn i ddim gweld hwn hefo Nain ar y cwpan.'

'Peidiwch â phoeni, dw' i'n siŵr y bydd hi'n bosib' gwahanu'r ddau, i bwrpas y llun.'

'Bydd?' ebe John Wyn, yn obeithiol. 'Ond fydd hi'n bosib'i sythu dipyn ar Nain wedyn? Leciwn i ddim bod pobol yn gorfod troi'u cwpanau ar 'u hochra' i fedru'i gweld 'i siâp hi.'

''Nawn ni'n gorau.'

Ond roedd gan yr Ysgrifennydd broblem arall, 'Ond, be' nawn ni wedyn hefo'r dyn un fraich? Achos mi fydd 'i fraich chwith o'n dal ar ysgwydd Nain.'

'Gadwch hynny i mi', ebe'r Gweinidog yn dechrau cerdded allan o'i ddyfnder. 'Mi dynnwn i'r fraich honno i ffwrdd, sythu dipyn arni, a'i hailosod hi wrth ysgwydd y llongwr, yn pwyntio at i lawr. Mi fedrwch chithau wedyn 'i roi mewn ffrâm ar wahân.'

Daeth edmygedd i wyneb y Cofrestrydd, serch ei fod yntau yn gorfod dygymod yn ddyddiol yn ei waith bob dydd â mymryn o dechnoleg, 'Bobol! Biti ichi fynd yn w'nidog 'rioed. Mi fasach wedi bod o fwy o fudd i bobol, dw' i'n siŵr, 'tasach chi wedi mynd yn feddyg esgyrn.'

Wrth ymadael, crybwyllodd y Gweinidog am anhawster William Howarth i wybod pwy oedd ei daid. Ond wedi'r pwyllgor roedd serch John Wyn at Howarth wedi egru. ''Dwi'n synnu dim,' meddai, yn cychwyn yn ôl am ei swyddfa. 'Synnu dim! 'Ma' nhw'n deud i mi bod hen wraig 'i nain o, pan anwyd y plentyn, wedi gorfod wynebu yr un anhawstar. Pnawn da i chi rŵan.'

'Y . . . pnawn da.'

*    *    *

Wedi cael cip ar y crochenwaith, roedd y Gweinidog yn ddigon balch iddo lynu at y weinidogaeth ac na chafodd demtasiwn i fod yn feddyg esgyrn – nac yn dechnegydd cyfrifiaduron o ran hynny. Roedd hi'n bnawn y dathlu ar y llestri'n cyrraedd o Ballinaboy i Borth yr Aur, a *vol-au-vents* Cecil Siswrn mewn perygl o or-grasu. Gan fod y Mulliganiaid yn hynod o brysur gyda'r tarmacio bu raid i Eilir berswadio Howarth i fynd gyda'i hers – y fwyaf o'r ddwy – i borthladd Caergybi i gyrchu'r llestri. Wedi dychwelyd, aeth hwnnw â'r baich llestri yn syth i dŷ'r Gweinidog – ynghyd â bil helaeth am y costau teithio – a gadael y gwaith o ddadbacio'r cwpanau a'r soseri i'r Gweinidog a'i wraig.

'Eilir,' holodd Ceinwen yn craffu'n fanwl ar y llun ar ochr y cwpan, ''nest ti dynnu braich y llongwr hwnnw oddi am wddw nain John Wyn?'

'Do.'

'Ma' rhaid felly bod 'na ryw Wyddal arall wedi cym'yd ffansi ati.'

'Be' 'ti'n feddwl?'

Pasiodd Ceinwen y cwpan i'w gŵr, iddo gael golwg arno, 'Yli, ma' 'na fraich arall dros 'i hysgwydd hi rŵan. Rhaid bod hi'n ffond o ddynion.'

Daliodd Eilir y cwpan rhyngddo a'r golau, a chydio mewn gwelltyn, 'Na. Mymryn o gysgod ydi hwnna. E'lla bod hi'n d'wllach un ochor pan dynnwyd y llun gwreiddiol.'

I roi mwy o halen i'w friw cydiodd Ceinwen yn llun y morwr a ysgarwyd oddi wrthi drwy gyfrwng y sganiwr. Roedd y llun ar fwrdd y gegin yn barod i gael ei ddychwelyd i'w berchennog yn ystod y cyfarfod dathlu. 'Eilir!'

'Ia?'

'Ma' gin y llongwr yma ddwy fraich.'

'Fel dyla' fod.'

'Na. Ma' gynno fo ddwy, yr un ochor. Tair i gyd.'

Cafodd Eilir gip ar y llun a gweld y camgymeriad. ''Ti'n deud y gwir, Cein. Dyna fo, ma' hi'n rhy hwyr i'w ddatgymalu o eto. Hwyrach y medar John Wyn, wrth ailfframio'r llun guddio un or ddwy fraich o dan y ffrâm. M . . . ma'r llun sy' ar y sosar yn iawn, debyg?' ond yn ofni'r gwaethaf. 'Ma' taid Howarth yna i gyd?'

'Ydi,'

'Diolch am hynny.'

'Ddaru Howarth ddim deud be' gafodd 'i daid o i frecwast y bora cafodd o dynnu'i lun?'

'Be' gafodd o i frecwast? Naddo. Pam?'

'Ma' 'na ryw streipan felan ar hyd 'i wasgod o, fel 'tasa'i wy o wedi'i ferwi'n rhy feddal – a bod hwnnw wedi dechrau rhedag.'

'Dda bod hi dipyn yn dywyll yn y festri 'na, achos ma' hi'n rhy hwyr i fynd ati i olchi'i wasgod o rŵan.' Taflodd gip ar ei watsh, 'Tân dani, Cein. Hannar awr arall ac mi fydd hi'n amsar dechrau'r cyfarfod.'

''Ti'n iawn.'

Aeth rhan gyntaf noson dathlu canmlwyddiant yr organ ymlaen yn hwylus ac yn rhwydd. Roedd festri Capel y Cei yn dun sardîns: aelodau'r capel – rhai heb gael stampio'u pasport ers blynyddoedd meithion – cyn-aelodau, naill ai wedi colli'u trwyddedau neu wedi newid post côd, a llu mawr o rai a fagwyd yn yr eglwys ond a oedd, bellach, ar hyd a lled y wlad ac yn awyddus i brynu cwpan a soser i gofio'r hen le a dathlu'r hen amser.

Bwyd bys a bawd oedd yr un a baratôdd Cecil a hwnnw wedi'i osod allan ymlaen llaw ar fyrddau hirion ar hyd un ochr i'r ystafell a'i *vol-au-vents* yn demtasiwn amlwg. Sychai'i ddwylo bob hyn a hyn yn ei ffedog, a honno'n debotiau bach pinc i gyd, yna'u clapio'n siarp a gweiddi mewn llais treiddgar fel hoelen ar sinc, 'Helpwch ych hunain, *ladies and gentlemen*, ac ma'r te a'r coffi, *and what have you*, gin *ladies* y capal *at the other end. And do remember the vol-au-vents.*'

Gŵr byr, eiddil oedd Felix Doughty, gyda mwstas tywyll anghytbwys o fawr, ond bu ei ddatganiadau ar organ 'William Hill a'i Fab, Swindon', yn ddigon i godi'r to. Ei ddewisiad cyntaf oedd *Toccata* gan Widor. Cyn gynted ag y clywodd hynny o bryfaid cop a oedd wedi llwyddo i oresgyn y dymestl gyntaf, fisoedd ynghynt, y cord cyntaf, gadawsant ddiogelwch cymharol y pibau ar hast a'i gwneud hi am strydoedd cefn y dref os nad y priffyrdd a'r caeau. Yna, wedi gair byr o gyflwyniad gan y Gweinidog cafwyd hanner awr ddiflas o atgofion William Howarth am ei daid (nad oedd yn nabod ei lun) a hanner awr hwy, ddiflasach, yn gwrando ar John Wyn yn canmol rhinweddau'i nain a'i chysylltiad hanner oes ag organ fawreddog Capel y Cei. Pan oedd Doughty yn chwarae'i ail ddewis, *Ave Verum* gan Mozart – cerddoriaeth ysgafnach a charedicach i'r glust – sylwodd Eilir ar Meri Morris yn nrws y gegin yn amneidio'n daer arno. Llithrodd o'r llwyfan ac i'r gegin.

''Dydach chithau, Mistyr Thomas, mor ddiwrando â'r ci 'cw s'gynnon ni. 'Dydw i wedi gneud pob dim i drio ca'l ych sylw chi, pob dim ond chwibanu.'

'Ma'n ddrwg gin i, Meri Morris.'

''Dydw i yn fa'ma ers chwartar awr, bron â mynd o' 'nillad.'

'Be' sy' wedi digwydd?'

'Wedi laru ar yr Howarth 'na'n canmol 'i daid mi ddois i fa'ma i orffan dadbacio gweddill y llestri. 'Cofn bydd 'na fynd mawr arnyn nhw 'te. Wrth weld dipyn o bridd mawn ar y rhai oedd yng ngwaelod y bocsus mi feddylis y baswn i'n golchi dipyn arnyn nhw.'

'Diolch yn fawr i chi.'

'Gwrandwch gynta,' gewch chi ddiolch imi wedyn — os byddwch chi'n teimlo fel gneud.' Cydiodd Meri Morris mewn cwpan a soser roedd hi newydd eu golchi, a'u dangos i'r Gweinidog. 'Ylwch, 'does dim ar ôl o nain John Wyn, dim ond godra'i sgert hi.'

'Be?'

'A phan es i ati i sychu taid Howarth, mi ddoth 'i wasgod o i ffwrdd hefo'r cadach. A rŵan ma'i wddw fo wedi mynd. Dim ond 'i ben o sy' ar ôl.'

'Wel ia,' atebodd y Gweinidog yn craffu ar gongl y soser. 'Ac ma' i fwstas o'n dechrau rhedag.'

'Ylwch,' meddai Meri yn pwyntio at badell yn y sinc, ''dydi'r dŵr oedd gin i yn 'u golchi nhw yn ddu fel inc. Ma' isio crogi'r Mulligan 'na. Ac mi faswn i'n gneud hynny hefo fy nwylo fy hun 'tasach chi'n ca'l hyd i dama'd o raff i mi o rwla.'

'Ond be' roesoch chi yn y dŵr, Meri Morris, i'w golchi nhw?'

'Dim. Dim ond dŵr glân a hwnnw'n glaear.'

Teimlodd y Gweinidog ei fod wedi cael ei roi mewn cors a'i bod hi'n amhosibl, bron, i ddod o hyd i unrhyw gerrig llamu. Aeth yn gwta'i dymer, 'Na hidiwch am grogi Shamus

Mulligan am funud. Y cwestiwn mawr, ar hyn o bryd, ydi be'
i 'neud hefo gweddill y llestri?'

'Wel peidio â'u golchi nhw 'te, ar boen ych bywyd, a
gobeithio'n fawr y dalith hi heb fwrw nes bydd pawb fydd
wedi prynu cwpan a sosar wedi cyrraedd adra. Ne' mi fydd
taid Howarth a nain John Wyn wedi mynd yn llyn.'

O glustfeinio o'r gegin, roedd hi'n amlwg fod Felix yn
tynnu at derfyn ei ddatganiad a bod yr amser a oedd ar ôl i
feddwl am esgusion yn fyr ryfeddol. Aeth y Gweinidog i
banig, 'Ond be' ddeuda i wrth y gynulleidfa? Fedra' i ddim
mynd ar y llwyfan 'na, a chymell pobol i brynu cwpanau a
soseri a finnau'n gw'bod am y nam.'

'Na fedrwch **chi** ddim,' cytunodd Meri, 'ond mi fedra' **i**,
ylwch. Wel, o leia', mi fedr'ai daflu llwch i'w llygad nhw.'

'Sut hynny?'

'Y fi sy' i dalu'r diolchiadau 'te?'

'Ia. Chi sydd i ddiolch.'

'Wel, wedi i mi ddiolch i Cecil am y fola-gwynt a'r
briwsion geuthon ni i f'yta, mi gyferia i at ddatganiad Mistyr
Doubtful ar yr organ.'

'Doughty.'

'Dyna ni. Wedyn, wedi mi gyfeirio'n gwta at sylwadau
John Wyn a Howarth – heb ychwanegu'u bod nhw gyda'r
pethau sala' fûm i'n orfod wrando 'rioed – mi ddo' i at y
llestri.'

'Ond be' ddeudwch chi, Meri Morris?'

'Mi gyfeiria' i'n gynta' at y MacLavatory 'na.'

'MacLaverty.'

'Ia. MacLavatory. A deud 'i fod o'n deud 'u bod nhw'n fath
o lestri 'te nag ydach chi ddim i fod i' golchi nhw.'

'Ond ddeudodd o mo hynny.'

'Naddo. Ond mi ddyla' fod wedi deud. A'i fod o wedi
pwysleisio bod inc Conemarra yn cym'yd blynyddoedd i
sychu.'

'Fath â tharmac Shamus Mulligan.'

'Ia,' ochneidiodd Meri, yn cofio fod y tarmac o amgylch y capel yn dal yn bwdin a bod un o'i sgidiau hi yn dal o'r golwg, 'ond na fydd hwnnw ddim yn debyg o sychu byth.'

Roedd y curo dwylo brwd yn graddol arafu. 'Rŵan, ewch i ista at ochor ych gwraig yn hogyn da, a gadwch y gweddill i mi.'

'Diolch i chi.'

Barn amryw, ar y ffordd allan o'r cyfarfod, oedd mai Meri Morris yn talu y diolchiadau yn ei ffordd naturiol ei hun oedd penllanw'r noson – serch mai fel MacLavatory y cyfeirodd hi at y crochennydd ac iddi gyfeiro at yr organydd, deirgwaith, fel 'Mistyr Doubtful'.

*   *   *

Dyn mewn ofn a fu Gweinidog Capel y Cei am amser maith wedi'r cyfarfod dathlu, yn 'ofni'r cwbl'. Sawl tro, mewn breuddwyd, y gwelodd 'nain dyn blin' heb ei sgert na'i blows, yn llymun groen ar wefl cwpan, yn gwenu'i themtasiwn arno? Sawl gwaith y gwelodd 'taid dyn claddu' yn toddi'n llyn ar waelod soser cyn deifio i lawr traen ar ôl y dŵr golchi llestri? Mewn hunllef, gwelodd ddau gant a hanner o Wyddelod, pob un gyda phicwarch yn ei law, ac 'Yncl Jo' ar y blaen, yn ei erlid dros gorsydd gwlybion Connemara gan fygwth ei foddi mewn cwpan. Deffrodd sawl noswaith yn laddar o chwys oer.

Pan drawodd ar Mulligan, ar gamu i mewn i swyddfa O'Hara'r bwci, roedd hwnnw'n ddigyffro ryfeddol, fel petai lluniau ar gwpanau a soseri yn mynd hefo'r dŵr y peth i'w ddisgwyl.

'Ond 'dydi peth fel hyn ddim yn iawn Shamus. Ddim o bell ffordd.'

'Dal dy dŵr, Bos Bach. Shamus yn cytuno hefo chdi.'

'Ma' pobol wedi talu'n ddrud am y llestri 'na. 'Dydyn nhw ddim yn disgwyl i'r lluniau ddiflannu wrth iddyn nhw ga'l 'u golchi am y waith gynta'.

'Boi giami, Yncl Jo, ia?' Ac aeth y tincer ati i newid stori.

''Ti'n gw'bod Patrick Joseph? Hogyn Nuala a boi capal chdi, Elvis.'

'Mi ddylwn. Fi bedyddiodd o. A phriodi'i fam a'i dad o, o ran hynny.'

'Priodas joli, ia,' meddai Mulligan yn atgofus. 'A Tad Finnigan yn *pissed* cyn *half-time*.' Anwybyddodd Eilir y sylw anffodus er y gwyddai ei fod yn wir. 'Hogyn da, Patrick.'

'M,' di-ddangos-ochr. Roedd Patrick Joseph, mab Nuala ac Elvis Plas Coch, cyn bod yn ddeuddeg yn rheng flaen yr yfwyr-o-dan-oed oedd yn cicio biniau ac yn codi rowiau ar strydoedd Porth yr Aur wedi nos.

'Ma' fo'n ca'l i parti ffifftîn yn y 'Fleece' pen wsnos, ia. A ma' Yncl yn gwrthod talu am y lysh, Bos.'

Penderfynodd Eilir hoelio Shamus Mulligan wrth drychineb y llestri, 'Rŵan, Shamus, fedra' i ga'l cyfeiriad y Joseph MacLaverty 'na gynnoch chi, i mi ga'l barn gyfreithiol ar y matar?'

Tynnodd Mulligan slip o bapur o boced frest ei ofarôl. 'Gwranda, Bos, 'nei di ca'l o rywbryd eto. Gin Shamus ceffyl da cofia, *dead cert*, yn rhedag yn Haydock jyst rŵan. 'Neith Shamus gweld chdi eto,' a'i phlannu hi'n gyfleus drwy ddrws ogof O'Hara. Wedi rhoi un droed dros y trothwy, trodd yn ei ôl a'i wyneb lledr, brown, yn sioe o ddiniweidrwydd. ''Ti am rhoi rwbath ar 'i gefn o, Bos?'

'Ddim yn siŵr. Os na ro' i gwpan a sosar!' Ond roedd Shamus Mulligan wedi llithro dros y trothwy cyn bod y Gweinidog wedi sylwi hynny.

Pan groesodd lwybr Meri Morris yn ddiweddarach yr un bore, a hithau'n danfon llefrith o siop i siop, yn naturiol daeth helynt y llestri i flaen y sgwrs – nid bod gan Meri amser i sgwrsio llawer. Ond wedi clywed yr hyn a oedd gan Meri i'w ddweud cododd ei galon yn fawr. Roedd Meri, wedi'r ddamwain wrth olchi'r cwpan a soser, wedi mynd â phâr arall gartref gyda hi, i arbrofi.

'Ddaru chi 'rioed?'

'Do. Mi rhois i nhw dros 'u pennau mewn stwff golchi llestri, gyda'r cryfa', a'r mymryn lleia' o ddŵr berwedig. Ac mi rwbis ac mi rwbis wynebau'r ddau. A wyddoch chi be', Mistyr Thomas, wedi i mi ddarfod y rhwbio roedd y ddau'n edrach mor berffaith â 'thasa nhw newydd ga'l tynnu'u lluniau. Yn edrach yn well, wir, na phan oedd y ddau'n fyw.'

'Ydach chi'n meddwl ma' un wy gorllyd oedd yn y nyth, a bod gweddill y llestri'n iawn?'

'Meddwl peth arall ydw' i.'

'O?'

'Welsoch chi'r Jac Black 'na yn llyffanta o gwmpas y gegin noson y dathlu?'

'Ma' gin i go' bod Jac yno. Wrth y sinc golchi llestri, os 'dw' i yn cofio'n iawn.' Gwawriodd y posibilrwydd ar y Gweinidog. 'Ydach chi 'rioed yn meddwl fod Jac wedi rhoi rhwbath yn y dŵr? Fasa' fo byth yn gneud peth felly,' ond yn credu yn wahanol.

'Gin bawb hawl i feddwl be lecith o, 'does? Dyna fo, mae o'n gwsmar llefrith i mi a fedra' i ddim fforddio'i golli o – yn anffodus. Bora da i chi rŵan.'

Wrth gerdded yr allt i fyny o'r dref i gyfeiriad ei gartref, temlai Eilir fod baich trwm wedi codi oddi ar ei ysgwyddau. Daeth gwên lydan i'w wyneb. Un da oedd Jac Black a'i ddiḗeidi'n rhan o chwedloniaeth yr hen dref erbyn hyn. Dyma branc arall i'w ychwanegu at y rhestr faith.

Pan oedd yn cerdded i fyny llwybr yr ardd daeth Ceinwen i'r drws a golwg bryderus ryfeddol arni. 'Gwranda Eil,' a chymryd arni sibrwd, 'ma'na ddyn diarth newydd gyrra'dd. Mae o am ga'l gair hefo ti, medda' fo.'

'Gair hefo mi? Ble mae o?'

'Mae o yn y stafall ffrynt. Ac mae o am dy ladd di.'

'Un arall eto? Am be'?'

'Am iti roi llun i dad yng nghyfraith o ar y sosar.'

'Be? Ond Howarth, nid fi, oedd biau'r llun,' atebodd ei

gŵr, yn prysuro i chwilio am fwch dihangol. 'Isio iddo fo fynd i ga'l gair hefo Howarth sydd.'

'Mae o wedi bod. Ond oedd Howarth yn deud ma' chdi ddewisodd y llun.'

'Y sinach iddo fo.' Roedd y Gweinidog yn dechrau cael traed oer, o ddifri. Edrychodd drach ei gefn, i chwilio am lwybr dianc. 'Well i ti ddeud wrtho fo nag ydw' i ddim gartra, ac na fydda'i ddim yn ôl am amsar maith, am flynyddoedd hwyrach.'

''Dw i wedi deud hynny wrtho fo, ddwywaith. Ond mae o'n deud na symudith o gam o'r tŷ 'ma nes bydd y matar wedi'i setlo. A pheth arall, 'sgin i ddim gwely iddo fo.'

Dechreuodd y Gweinidog golli'i limpin, 'Wel . . . y . . . pwy ydi'r dyn? O ble mae o'n dŵad?'

Un wael oedd Ceinwen am ddweud stori gelwydd golau a dal wyneb yr un pryd. Dechreuodd ei gweflau simsanu, 'Ryw Handel Strauss ydi'i enw fo, medda' fo, o Bodorgan.' Ar hynny, daeth pen Dic Walters, Person Porth yr Aur, i'r golwg dros ysgwydd Ceinwen yn bictiwr o ddireidi. Walters oedd un o gyfeillion agosaf y ddau ac roedd o'n dynnwr coes heb ei ail.

'Dic Walters, y cena'. Mi golcha' i di.'

'Iawn,' meddai Ceinwen, 'dim ond i ti beidio â mynd dros ben llestri!'

# 5. DŴR O BALLINABOY

Serch ei bod hi'n noson braf o Fehefin, cafodd y Gweinidog a'i wraig gryn sioc o weld ambiwlans o goets babi wrth y drws ffrynt am unarddeg o'r gloch y nos a sioc ychwanegol o weld mai John James, perchennog ffyrm *James James, James John James a'i Fab, Cyfreithwyr,* oedd wrth y llorpiau.

'Chi sy' yma, Mistyr James?' holodd Ceinwen, serch bod hynny'n amlwg.

'Sudach chi?'

'Yn rhyfeddol o dda, a chysidro. A diolch i chi am holi.' Un boneddigaidd oedd John James, gyda phopeth ond ei filiau, a hael ryfeddol hefo'i sebon.

'Dowch i mewn ych dau,' cymhellodd hithau er ei bod yn teimlo yn ei chalon ei bod hi'n greulon o hwyr i fynd â babi i dŷ diarth yr awr honno o'r nos.

'Mi rydach chi'n rhyfeddol o garedig, Musus Thomas. A diolch i chi.'

Llais yn hymian yn undonog oedd gan John James fel cacwn mewn potel sôs a hwnnw wedi colli'i fap ordnans.

'Eil! Yli pwy sy' 'ma.' Gyda medrusrwydd dyn yn parcio lori artic ar wyneb hances boced llwyddodd John James i lywio'r pram heibio i droed y grisiau ac i mewn i stafell ffrynt Tŷ'r Gweinidog.

'Croeso mawr i chi'ch dau,' rhagrithiodd yntau.

Wedi tynnu'r brêc, disgynnodd John James i bantle yn y soffa a llacio mymryn ar ei dei, ''Doeddwn i erioed o'r blaen wedi meddwl bod gwthio pram yn waith mor drwm.'

''Dydi Coleen ddim hefo chi?' holodd Ceinwen, yn annoeth.

'Nag'di, yn anffodus,' ebe'r Cyfreithiwr mewn llais fflat fel crempog. 'Ma' Musus James,' a chyfeirio at ei wraig ifanc fel petai hi'n wraig i rywun arall, 'wedi picio i'r 'Fleece'. Ma' hi'n noson y cari-on yno.'

'*Karaoke*,' awgrymodd Ceinwen ond yn ofni y gallai'r gair arall fod yn well disgrifiad o'r hyn a allai ddigwydd yng nghynteddoedd y 'Fleece' unwaith y byddai olwynion y Mulliganiaid wedi'u hoelio.

'Ia siŵr, y peth hwnnw oedd gen i mewn meddwl.'

Bu bron i Ceinwen awgrymu y byddai'n rheitiach i'r genawes fod gartref gyda'i theulu; yna, sylweddolodd y byddai y rhan fwyaf o'i theulu hefo hi, p'run bynnag, yn dawnsio i gyfeiliant ryw jig Wyddelig neu'i gilydd ymhell cyn amser clirio'r gwydrau. Roedd priodas anghymarus John James a Coleen Mulligan, ugain oed, yn dal yn ddirgelwch llwyr i Ceinwen, fel i'w gŵr, ac yn destun siarad cyson i bobl Porth yr Aur.

'Noson drymaidd i wthio pram,' ebe'r Gweinidog, er mwyn dweud rhywbeth.

'Noswaith drymaidd ryfeddol,' ebe'r Cyfreithiwr yn sychu chwys oddi ar ei dalcen â'i hances boced. ''Nes i 'rioed ddychmygu 'chwaith, dan heno, fod yna gymaint o strej rhwng Cyfarthfa acw a'r tŷ yma. Mae o'n fwy na chwartar milltir mae'n siŵr gen i.'

Clamp o dŷ trillawr gyda seler ac atig oedd Cyfarthfa yn sefyll yn ei libart ei hun ar y ffordd uchel a droellai allan o Borth yr Aur i gyfeiriad y wlad. James James, taid John James, a'i codod, rywbryd cyn diwedd teyrnasiad Victoria. Wedi colli'i rieni bu John James yn byw yno wedyn, fel adyn, hyd ei briodas annisgwyl â merch Kathleen a Shamus Mulligan.

''Dydi o'n bram mawr,' sylwodd Ceinwen, er mwyn cadw'r stori i droi. 'Sgin i ddim co' imi fawr 'rioed weld pram mwy.'

'Yn wreiddiol,' esboniodd y perchennog, 'mae o wedi'i 'neud i gario dau.'

'Tewch chithau.'

'Heblaw ma' Musus James wedi trefnu i ga'l un bach arall. Mi ddeudodd gymaint â hynny wrtha' i neithiwr, pan o'n i'n llnau 'nannadd.' Ac roedd John James, a oedd wedi hen basio'i drigain, yn swnio fel petai cenhedlu plant yn job i un.

Daeth gwên lydan i wyneb y Gweinidog wrth weld y geiriau *Home Made* – enw'r math o bram, mae'n debyg – wedi'i italeiddio mewn llythrennau aur ffug ar ochr y goets. Yn achos Coleen, druan, go brin fod hynny'n wir. Daeth i'w gof iddo weld yn swyddfa *James James, James John James a'i Fab, Cyfreithwyr*, ychydig dros flwyddyn ynghynt enwau ymhell dros ugain o dadau tebygol. 'Doedd enw John James ddim ar y rhestr honno, dim ond ar waelod homar o fil a oedd wedi'i binio i'r rhestr.

''Dydw i ddim wedi'ch gweld chi er dydd y briodas, Mistyr James,' meddai Ceinwen. 'Ble buoch chi eich dau ar eich mis mêl? Disney Land?' (Ac roedd hwnnw yn gwestiwn ac yn awgrym gwirion.)

'Bangor Land,' oedd yr ateb. 'Ysbyty Gwynedd, a deud y gwir . . . Adran Mamolaeth.'

Am foment gallai'r Gweinidog ystyried crogi'i wraig am iddi arwain y sgwrs ar hyd y fath lwybr pengoll. Roedd hi i wybod mai prin amser i wthio'i thusw blodau i ddwylo un o'r morynion a gafodd Coleen druan cyn i'r babi fygwth rhoi'i ben allan i weld pwy oedd y gwahoddedigion a wahoddwyd i briodas ei fam a thebyg i beth oedd y gŵr a gofrestrwyd fel ei dad.

'Be' 'di enw'r plentyn hefyd?' holodd Eilir i geisio newid

llwybr y sgwrs. 'Mi ddylwn w'bod ond 'mod i'n methu â chofio.'

'Joseff, a James ar y diwadd. Ond bod ni yn 'i alw fo'n Jo.'

Yn ôl arfer rhai a fu'n famau'u hunain unwaith, cododd Ceinwen a cherdded ar flaenau'i thraed i gyferiad y pram. Cododd ychydig ar y bargod a dechrau siarad babi hefo'r plentyn, 'Wel, dyma 'ogyn mawl.' Dechreuodd hymian, *Ji ceffyl bach yn calio' ni'n dau . . .*'

O weld wyneb diarth, llais allan o diwn a golau bylb can wat yn brifo'i lygaid, neidiodd y bychan ar ei golyn. Tynnodd ei dafod allan ar Ceinwen, hyd y llinyn, a chodi dau fys arni wedyn, i danlinellu'i ddiflastod o gael ei styrbio ar ganol ei gwsg.

Aeth y lle yn dawel fel y bedd a John James, druan, yn gwasgu'i hun at ei gilydd fel ci ar ganol cael ei weithio i geisio dal yr annifyrrwch. Roedd hi'n amlwg fod Jo yn giw o frîd. O un ochr i'r teulu o leiaf.

'Ylwch,' meddai Ceinwen mewn ymdrech i lacio'r awyrgylch, 'mi a' i i 'neud panad i'r tri ohonon ni. Be' fydd hi, Mistyr James, te ne' goffi? Mi wn i ma' te gymith Eilir.'

'Coffi, Musus Thomas, os gwelwch chi'n dda. Mi rydach chi'n rhyfeddol o garedig.'

'Coffi du, os 'dw i'n cofio'n iawn, a dim siwgr.'

'Mi rydach chi'n cofio'n rhyfeddol, Musus Thomas, yn rhyfeddol. Ia siŵr, a hwnnw mor ddu ag y daw o drwy big y pot, os gwelwch chi'n dda. A diolch i chi.'

'Be' am Joseff?' holodd Ceinwen wedyn, ond yn gofalu cadw o fewn hyd braich i'r pram wedi iddi dderbyn y fath arwyddion annymunol. 'Fedra' i dw'mo 'chydig o lefrith iddo fo?'

Fel petai o'n ymateb i'r cwestiwn dechreuodd y bychan ffureta o dan y plancedi. Tynnodd allan botel blastig, seis maro, ac anferth o deth wen ar ei blaen a dechrau sugno'i hochr hi nes roedd yna sŵn fel rhywun yn pwmpio teiar tractor.

''Dydi o'n siarp o'i oed,' sylwodd y Gweinidog wedi rhyfeddu at y fath ddeallusrwydd ond yn anghynefin, bellach, â'r cynnydd posibl yn natblygiad plant. 'Ydi o'n siarad dipyn gynnoch chi, Mistyr James?'

'Amball air,' ebe'r Cyfreithiwr yn ochelgar. 'Mae Musus James yn mynd ag o i fyny'n ddyddiol bron i weld 'Taid Shamus', a phan ddaw o gartra o'r fan honno mae ganddo fo air newydd bron bob tro . . . yn anffodus.'

'Wela' i.'

'Musus Thomas yn dal i gadw'i siâp yn rhyfeddol,' meddai'r Cyfreithiwr pan oedd Ceinwen allan o glyw.

'Ydi debyg,' mwmiodd y Gweinidog, yn credu mai mater domestig oedd peth felly.

'Yn rhyfeddol felly,' ebe'r Twrnai a gwenu'i ddychymyg. Roedd yna sôn erioed fod gan John James lygad ifanc wrth edrych ar ferched, ac roedd hi'n amlwg nad oedd ei briodas wedi pylu dim ar graffter y llygad hwnnw.

Pan oedd Ceinwen wrthi'n llenwi cwpan y Cyfreithiwr hefo'r coffi 'mor ddu ag y daw o drwy big y pot' ni fedrai'r Gweinidog lai na sylwi mai gŵr wedi colli'i raen oedd John James ei hun – y sgidiau duon wedi mynd yn denau'u gwadnau a'i drowsus yn grwn yn y ddwy ben-glin. Yr un siwt bin-streip ag a wisgai bob amser, mae'n wir, ond roedd y pâr socs oren – chwaeth Coleen, mae'n debyg – yn cyfarth; yr un crys gwyn, ond roedd y tei – dewis Coleen heb amheuaeth – gyda llun hanner uchaf Madona wedi'i stampio arno yn udo.

Wrth iddo or-sugno, llithrodd y botel blastig drwy ddwylo Jo a disgyn rhwng ei ben-gliniau. 'Damia!' meddai hwnnw cyn gliried â chloch eglwys ond yn llai persain.

Aeth y lle fel y bedd am yr eildro. Brysiodd Ceinwen i dorri ar y tawelwch, 'Rŵan, Mistyr James, dowch i mi ail-lenwi'ch cwpan chi.'

'Mi rydach chi'n garedig ryfeddol, Musus Thomas. A diolch i chi.'

Bu eiliad neu ddau o saib yn y sgwrsio, y tri yn yfed eu

paneidiau a'r bychan, wedi trychfila am y botel a chael hyd iddi, yn ailddechrau pwmpio'n ffyrnig bob yn ail â thorri gwynt. Roedd John James yn amlwg annifyr, ofn, mae'n debyg, i Jo ollwng y botel unwaith eto a gollwng rheg arall o ganlyniad. Daeth at ei neges. 'Meddwl ro'n i, Mistyr Thomas, y byddai hi'n beth da petai ni'n bedyddio'r bychan 'ma.'

'O, ia,' atebodd y Gweinidog yn ddigon oer.

'Pan fydd hynny'n gyfleus i chi 'te. Mi rydaeh chi'n dal hefo'r arfar o fedyddio, mae'n debyg?'

'Ydan, wrth gwrs.'

Ar wahân i'w briodas annisgwyl ei hun, roedd yna flynyddoedd meithion wedi mynd heibio heb i John James fod mewn oedfa. Roedd yn ddigon parod i roi gair o gyngor i'r capel yn ddi-dâl dim ond iddynt nodi ar yr *Adroddiad* blynyddol mai y ffi y byddai wedi'i chodi am ei gymwynas oedd ei gyfraniad at yr achos. Ar bapur, roedd o'r cyfrannwr trymaf yng Nghapel y Cei; yn ariannol, pensiynwyr tlodion yr eglwys a dalai'r swm gorfodol drosto i goffrau'r enwad.

'Ond, aelod o'r eglwys Gatholig ydi Coleen,' pwysleisiodd Eilir yn ceisio taflu'r baich i gyfeiriad arall, 'ac mae'r Pabyddion, fel rheol, yn awyddus iawn i'r plant ddilyn y fam yn hyn o beth.'

Aeth John James i fymryn o ddeufor-gyfarfod. 'Wel . . . m . . . sut y gosoda' i'r peth?' Yna, daeth y Cyfreithiwr ynddo i'r adwy. 'I fod yn onast hefo chi, fe wnaeth Musus James gais i'r Tad Finnigan am fedyddio.'

'Ardderchog,' brysiodd y Gweinidog yn gweld llwybr dianc. 'Mi ddo' innau yno i gynnal 'i freichiau fo.'

'Ond wrth bod Musus James fymryn yn . . . yn be' ddeudwn i . . . yn drwmlwythog yn dŵad at yr allor, ddydd y briodas, gwrthod wnaeth o.' Cyn belled ag roedd cyflwr Coleen yn y cwestiwn y bore gwyn hwnnw, roedd hynny'n wir. Dim ond ar yr ail dac y llwyddodd hi i fynd drwy'r adwy i'r sêt fawr, a chofiai Eilir yn dda mai wysg ei chefn y cafwyd hi allan – y gwas a'r forwyn yn tynnu a'r Cofrestrydd yn gwthio. 'Ac ma' ewythr i'r wraig, o Connemra, yn llwyr fwriadu bod yn bresennol yn y bedydd.'

Gwyddai Eilir mai at y Jo MacLaverty hwnnw y cyfeirai John James. O ddeall hynny, a dwyn i gof rhai o fedyddiadau *risqué* y Mulliganiaid yn y gorffennol, ceisiodd roi rhagor o rwystrau yn ffordd y Cyfreithiwr. 'Ma' rhaid i mi ofyn i chi, Mistyr James, am ych cymhellion chi'ch dau dros ofyn am fedydd. Wedi'r cwbwl, chi fel rhieni sy'n dewis dros y plentyn.'

'Cytuno gant y cant,' ebe'r Twrnai'n frwd. 'Ond rhyw feddwl roedd Musus James a minnau, y bydda' rhoi ychydig o ddafnau o ddŵr ar 'i dalcian o yn help i buro'r iaith.' O glywed am y 'dafnau dŵr', a hwnnw'n ddŵr oer, mae'n debyg, tynnodd Jo y deth o'i geg a thaflu un llygad bolwyn at ei dad, fel y tybiai. Teimlodd Ceinwen ias sinistr yn cerdded ei meingefn. Roedd yna rywbeth yn fygythiol yn edrychiad y bychan fel petai'i grebwyll yn hŷn na'i oedran.

Ofergoeliaeth y Cyfreithiwr oedd yn oeri'r Gweinidog, 'Ond 'neith Dŵr Cymru wahaniaeth yn y byd i foesau'r plentyn, Mistyr James bach. Coel gwrach ydi peth fel'na.'

'Na,' cytunodd Ceinwen, 'neith y dŵr ar 'i ben 'i hun ddim gwahaniaeth.'

'Yn hollol,' ategodd ei gŵr, wedyn, yn tybio bod ei wraig yn ei gefnogi.

'Ond pwy a ŵyr na all awyrgylch yr oedfa 'neud gwyrth. Mi fydda' Nain, 'stalwm, yn arfar â deud y bydda' plant yn dŵad yn 'u blaenau fel cywion gwydda' unwaith y byddan nhw wedi'u bedyddio.'

'Dyna be' ydi ofergoel gwirion arall,' chwyrnodd ei gŵr, yn gweld y tir o dan ei draed yn cael ei dynnu. 'Nid magu cywion gwydda' ydi gwaith eglwys.'

'Musus Thomas,' meddai'r Cyfreithiwr, yn cydio mewn angor, 'mae'n meddyliau ni'n dau yn mynd i gyfeiriad rhyfeddol o debyg. Ma' gin i go byw am William Howarth, yr Ymgymerwr,' ac aeth John James yn atgofus am funud. 'Roeddan ni'n dau, yn anffodus, yn yr un dosbarth yn yr

Infants. Yn bedair oed, chlywsoch chi ddim rhegwr nobliach yn ych dydd na Wil Baw Mul, fel byddan ni'n cyfeirio'n annwyl ryfeddol ato fo. Ond wrth fod yna ryw ansicrwydd ynglŷn â phwy oedd 'i dad o mi fu rhaid oedi cyn iddo fo gael ei fedyddio. Ond unwaith y rhoddwyd dŵr ar 'i dalcian o roedd 'i iaith o mor lân â swllt – ac mae hi'n dal felly. Chware c'nebrynau y bydda' fo bob dydd wedyn. Na, mi rydw i am gefnogi Musus Thomas yn hyn o beth.'

'A pheth arall,' ategodd Ceinwen yn rhoi rhagor o lo ar y tân. '"Gadewch i blant bychain ddyfod ataf fi" ma'r Beibl yn 'i ddeud. Sut medar neb wrthod bedydd i blentyn bach.'

'Dyna fo,' ebe'r Gweinidog wedi'i yrru i gongl, 'mi fydd raid inni felly feddwl am 'neud trefniadau.'

'Gyda llaw,' ychwanegodd John James, wedi cael ei faen i'r wal, 'mae Musus James yn awyddus ryfeddol i'r dŵr, ar gyfer y bedydd felly, ddŵad o gorsydd Connemara lle ma'i gwreiddiau hi a'i theulu, fel y gwyddoch chi.'

Pan oedd y Gweinidog ar chwalu'n briciau o orfod gwrando ar ofergoel ffôl arall daeth Ceinwen i mewn i'r sgwrs a gwneud y pwll yn futrach fyth, 'Call iawn, ddeuda' i. Yn un peth, mi fydd yn rhatach lawar na dŵr tap ac yn iachach, hwyrach.'

'Ond, Ceinwen . . .'

'Panad bach arall o goffi, Mistyr James?'

'Mi rydach chi'n garedig ryfeddol, Musus Thomas. A diolch i chi.'

Wedi dwy gwpanaid arall o goffi 'mor ddu ag y daw o drwy big y pot' y cododd John James, ffyrm *James James, James John James a'i Fab, Cyfreithwyr,* o'r soffa a hithau rhwng un a dau; Ceinwen yn pendwmpian cysgu ond bob hyn a hyn yn deffro gyda jyrc ac Eilir, o eistedd yn ei unfan gyhyd, mor stiff â chwrcath wedi bod ar sifft nos. Erbyn hyn roedd y bedydd wedi 'i drefnu – popeth hyd at y dyddiad – ac Eilir, yn groes i'r graen, wedi cytuno i weinyddu cyn belled â bod y Tad Finnigan yn dal cannwyll iddo. Gwyddai y byddai presenoldeb hwnnw o leiaf yn help i gadw plant y Mulliganiad rhag mynd dros ben llestri, a thros ben y seti.

Sleifiodd Ceinwen am ei gwely pan oedd y cloc newydd daro un a gadael i'w gŵr hebrwng y lori artic heibio i droed y grisiau a thrwy'r drws ffrynt.

'Nos da rŵan, Mistyr James. Ac ewch â'n cofion ni at Coleen,' ebe'r Gweinidog wedi meirioli erbyn hyn.

'Diolch i chi. Diau y bydd hi gartra o'r cari-on o hyn i'r bora.' Gan ei bod hi mor drybeilig o hwyr penderfynodd Eilir beidio â'i gywiro.

'Nos da.'

Cerddodd John James o ffyrm *James James, James John James a'i Fab, Cyfreithwyr* y llwybr cul o ddrws ffrynt Tŷ'r Gweinidog i'r ffordd fawr yn gwthio'r pram o'i flaen a Jo, erbyn hyn, yn cysgu fel angel o dan ei gwrlid. Wedi cyrraedd y giât trodd yn ei ôl a siarsio, 'A chofiwch finnau at Musus Thomas, yn gynnas ryfeddol.' (Serch ei fod wedi bod yn sgwrsio â hi ddeng munud ynghynt) 'Yn gynnas ryfeddol. A nos da.'

*    *    *

O glywed sŵn injian diesel yn cnocio troi, yn colli'i gwynt ac yna'n ailanadlu, cododd y Gweinidog o'i gadair wrth ei ddesg a mynd i sbecian rhwng stribedi y llenni rholer ar ffenest y stydi. Yn y ffordd fawr, gyferbyn â'r ffenest, roedd yna glamp o fan felen, hir, yn bagio'n araf at y giât ffrynt. Gwelodd y geiriau 'Shamus O'Flaherty Mulligan a'i Feibion' mewn du trwm ar ochr y fan a gwyddai pwy oedd y gyrrwr. Gwaeddodd i gyfeiriad y gegin, 'Cein!'

''Dw i'n brysur ar hyn o bryd, Eilir,' ebe'r llais o bendraw y gegin, yn ddigon siort.

'Ma' Mulligan yma.'

'Wel dos i atab y drws 'ta.'

''Dw i'n mynd,' a chychwyn cerdded at y drws ffrynt.

'A deud 'mod i wedi mynd i Ostrelia.'

114

'Iawn,'

'Ac Eilir!'

'Ia?'

'Paid â phrynu dim gynno fo.'

'Reit!'

'Nac addo dim iddo fo . . . Na deud dim.' Gwyddai Ceinwen yn well na neb fel y bu i Shamus Mulligan anfon ei gŵr i lawr sawl ffordd pengaead yn y gorffennol ac iddo yntau orfod talu'n ddrud am siwrneion seithug o'r fath.

Wedi agor y drws, sylweddolodd y Gweinidog mai nid Shamus ei hun oedd yno ond un o'i amryw ferched.

'Lwcus ca'l chdi yn tŷ, Bos,' gwaeddodd y ferch ifanc wrth rowlio cerdded o ddrws y cab at gefn y fan. Merch y Mulliganiaid oedd hon yn ddiamau; yr un gwallt du'r frân, yr un croen lliw coffi, yr un anwyldeb ac, fel roedd yn amlwg, yr un epilgarwch. Ond p'run?

'Brigid, ia?'

'Lala, Bos.'

''Dach chi'ch dwy mor debyg i'ch gilydd.'

'Ma' fo yn hospitol, cofia.'

'Brigid?'

'Ia.'

''Ddrwg gin i glywad.'

''Sdim isio i chdi, Bos. Ca'l babi arall ma' fo, ia?'

Ciciodd Eilir ei hun am na fyddai wedi rhagweld hynny, o gofio arfer y llwyth, ond dim ond wedi iddi agor drysau cefn y fan ac iddi droi i'w gyfeiriad y sylweddolodd mai yn yr un ysbyty y dylasai Lala, druan, fod. Wrth ei gweld yn stryglo i dynnu clamp o focs cardbord, anhylaw yr olwg, o gefn y fan cychwynnodd i lawr llwybr yr ardd i roi cymorth iddi ond roedd Lala, erbyn hyn, wedi cael y bocs i'w hafflau ac yn prysuro i'w gyfarfod.

'Rhowch o mi, Lala. A' i â fo i'r tŷ, ylwch.'

'Na, ma' fo'n iawn, Bos.'

''Dach chi'n siŵr?'

Ond bu llwyth ar ben llwyth yn ormod i Lala. Gollyngodd y bocs ar step uchaf y drws ffrynt a chlywodd y Gweinidog sŵn poteli'n cusanu'i gilydd wrth gael eu styrbio. ''Na' i gada'l o i chdi yn fa'ma, ia? Gei di cario fo i mewn.'

'Iawn. Ond deudwch i mi be' sy' yn y bocs?'

'Dŵr, ia?'

'Dŵr? Wel, oddi wrth bwy mae o 'ta?'

'Yncl Jo MacLaverty Tad fi sy' 'di gyrru fo i chdi. O Ballinaboy.'

'Wela' i.'

'Wrth bo' chdi isio fo i roi o ar pen 'ogyn bach Coleen pan 'ti'n bedyddio fo.'

Edrychodd y Gweinidog i lawr mewn rhyfeddod ar y bocs cardbord brau gan synnu at ei faint a synnu mwy na fyddai'i waelod wedi rhoi gyda'r fath bwysau, 'Ond bobol, fydda' i ddim angan cymaint â hyn o ddŵr i fedyddio un babi.'

''Ti byth yn gw'bod, ia? Ond g'neith peth sbâr i chdi i roi ar pen plant bach er'ill. Achos ma' Brigid a fi yn ca'l babis jyst rŵan. A ma' Maggie ym meddwl bod fo yn y *family way* ond bod o dim yn *dead cert, just yet.*'

Penderfynodd y Gweinidog i beidio â dilyn trywydd y sgwrs. ''Dach chi am ddŵad i mewn, Lala? Mi fydda' Ceinwen yn falch o roi croeso i chi.' Er y gwyddai yn ei galon nad oedd hynny'n gwbl wir.

'Dim diolch iti, Bos. Os g'nei di sgiwsio fi. Rhaid i fi picio i gweld Tad Finnigan rŵan.'

Dyna'r foment y sylweddolodd y Gweinidog ei bod hi'n nos Sadwrn, 'Wrth gwrs, mae o'n gwrando cyffesion heno, ar nos Sadwrn. Peidiwch â gada'l i mi ych cadw chi eiliad yn hwy.'

'Na dim hynny, Bos. Bydda' i dim yn cyffesu ond *once a year,* ia? A ma' Tad Finnigan yn maddau cwbl o pechods fi *at one go.*'

'Hwylus iawn,' ac yn methu â pheidio â gwenu wrth wrando'r fath ddiniweidrwydd syml.

'Ma' Yncl Jo 'di anfon bocs 'run fath i Tad Finnigan.'

'Wel, 'sgin i ond diolch yn fawr i chi am ddanfon y dŵr i mi.'

'Ma' i chdi croeso, siŵr. Hwyl i chdi, rŵan.'

'Nos da, Lala. A diolch i chi.'

Arhosodd Eilir ar garreg y drws nes roedd Lala wedi cael y fan i disian tanio. Yna, fe'i gwyliodd yn gyrru'n ofalus yn ôl am y dre ac i gyfeiriad tŷ'r Offeiriad.

Wrth godi'r bocs cardbord oddi ar step y drws bu bron i'r Gweinidog dorri'i ddwy lengid. Roedd hi'n syndod sut roedd Lala, o gofio'i chyflwr, wedi medru handlo'r bocs o gwbl. Ond, dyna fo, roedd merched Shamus Mulligan yn rhai cryfion ryfeddol o dan bob math o amgylchiadau.

'Cein!' gwaeddodd wrth ollwng y bocs trwm ar fwrdd y gegin a'r poteli'n protestio unwaith yn rhagor.

'Be'?'

'Y dŵr ar gyfer y bedydd wedi landio.'

'Hefo Shamus?'

'Lala. 'I ferch o.'

'Ar gyfer un bedydd?' holodd Ceinwen yn cyrraedd at y bwrdd a hithau'n rhyfeddu o weld y fath focs mawr. 'Be' wyt ti am ddefnyddio, Eil? Hôspeip?'

'Na. Jetwash,' a rhwygo caead y bocs yn agored â'i ddwylo. 'Ma' yma ddwsin o boteli, ne' ragor.' Tynnodd y Gweinidog un botel allan o'i gwely a dal ei chefn at y golau.

'Am liw brown afiach,' meddai'i wraig.

'Be' 'ti'n ddisgw'l, a hwnnw'n syth o gorsydd mawn Connemara. Mi fydda'n od iawn petai o'n loyw fel dŵr tap.' Ond pan drodd fol y botel at y golau y gwelodd ei gamgymeriad. 'Nid dŵr ydi hwn, Ceinwen.'

'Be' ydi o 'ta?'

'Wisgi, siŵr gin i. 'Drycha.'

Darllenodd Ceinwen y sgwennu ar y label, *"'MacLaverty's Poteen. Straight from the Bogs of Ballinaboy. Home-brewed under Licence"*. Ac ma' 'na ryw rif ar y gwaelod.'

'Rhif y drwydded, ma'n debyg.'

'Ac yli, ma' rhywun wedi sgwennu ar waelod y lebal, hefo beiro, *"To be taken no more than twice a day. Children under supervision".*'

'Faswn i'n meddwl. Llawysgrifan yr hen MacLaverty'i hun ydi hon, dybiwn i.'

'Ond Eilir bach, fedri di ddim bedyddio mab y Twrna' hefo wisgi, er mor reglyd 'di'r bychan.'

'Ddim yn hawdd iawn.'

'A fedri di mo'i yfad o.'

'Na fedra'. Ne' fyddwn i ddim digon sobor i dorri pen wy.' Yna, disgynnodd y geiniog i'w lle. 'Ond, Cein, parsal i'r Tad Finnigan ydi hwn.'

'Be' 'ti'n feddwl?'

'Wel, roedd gin Lala focs arall yn y fan.'

'Ac ma' dŵr MacLaverty wedi mynd i'r Tad Finnigan.'

'Dŵr Ballinaboy felly.'

'Dyna 'dw i yn feddwl,' meddai Ceinwen, yn flin am iddi gael ei chamddeall. 'Ac ma' potîn y Tad Finnigan wedi dŵad i'n tŷ ni.'

'A 'dydi Jim Finnigan ddim yn ddyn dŵr.'

'Ddim o bell ffordd.'


Ar yr union foment, bron, roedd y Tad Finnigan wrthi'n rhwygo caead ei barsel yntau. Daeth i gegin ei dŷ drwy'r pasej a gysylltai'r tŷ wrth yr eglwys, yn ddigon blinedig ei gorff a lluddedig ei ysbryd. Y nos Sadwrn honno, fel pob nos Sadwrn arall o ran hynny, dau neu dri o Gatholigion y dref a ddaeth ato i fwrw'u boliau a'r olaf i benlinio yn y blwch – a hynny gyda chryn ymdrech i benlinio o gwbl – oedd Kathleen Mulligan. Yr unig un o deulu'r Mulliganiad a ddeuai i gyffesu gyda chysondeb cloc oedd Kathleen – mam y llwyth. Serch y gril a'u gwahanai, gwyddai y Tad Finnigan oddi wrth y tuchan wrth benlinio mai hi oedd am y pared ag o. Yr hyn a flinai y Tad Finnigan yn fwy na dim oedd fod Kathleen yn mynnu cyffesu ar ran y teulu cyfan, a chan fod y teulu'n un enfawr, a chymaint o bechodau i'w cyffesu, âi'r sesiwn yn y blwch yn un hirfaith a diflas ryfeddol. Ei arfer, wedi'i gwahodd i gyffesu, oedd troi tudalennau rhifyn cyfredol o'r *Catholic Herald* a brigbori drwy hwnnw yn yr hanner gwyll, yna, ei roi heibio fel y deuai'r gyffes ganghennog at ei phenllanw.

Y noson hon, fel sawl tro o'r blaen, bu raid iddo ymyrryd a hithau ar ddod i'w chamre, *'But my daughter, have I not told you a thousand times to make out a list beforehand?'*

*'Indeed ya have, Father. And I have done so.'*

*'Bless you my daugher. Do read from this list so that we can all go home.'*

Dechreuodd Kathleen Mulligan ddarllen y rhestr hirfaith yn yr hanner tywyllwch, *'Five pack Irish Butter, ten dozen Irish Free Range Eggs . . .'* a daeth i stop ar hanner brawddeg.

*'Do proceed,'* cymhellodd y Tad Finnigan o rhwng tudalennau canol y *Catholic Herald* a heb fod yn gwrando.

*'You must forgive me, Father. I must have left my confessions at Tesco.'*

*'You should be roasted, woman',* meddai hwnnw'n ffyrnig. *'How many times have I told you that they do not forgive sins at Tesco?'*

*'Indeed ya have, Father.'*

Fe gymerodd hi gryn chwarter awr arall i Kathleen Mulligan gofio holl gamweddau tair cenhedlaeth o'i theulu a'r Tad Finnigan, erbyn hynny, wedi mynd yn rêl sowldiwr.

Ar ôl llwyddo i agor y parsel a gweld gyddfau bataliwn o boteli'n sgleinio yn y golau trydan, cododd calon yr Offeiriad sawl cufydd ac aeth ati i ddechrau siarad gydag ef ei hun – ei unig gwmni yn y tŷ llwm y trigai ynddo. Ac mewn Saesneg Gwyddelig y cynhaliai y Tad Finnigan sgwrs felly, fel gyda'r Mulliganiaid. Tynnodd botel allan o'r parsel a dal ei gwynder anarferol i'r golau, *'Jo MacLaverty, may the good Lord preserve your soul. 'Tis the real stuff. 'Tis indeed.'* Fel Gweinidog Capel y Cei, ychydig funudau ynghynt, trodd yntau fol y botel at y golau a darllen, '*"Ballinaboy Pure Spring Water, with a hint of turf. It Refreshes the Soul".*' Craffodd, a darllen ar waelod y label yr hyn a ysgrifennwyd â'r un feiro, '*"Christenings Only. Fatal by Mouth.".*' Lluchiodd y Tad Finnigan y botel ddŵr yn ôl i'w gwely, a rhegi, '*Damn you, Jo MacLaverty. You know I never touch water. 'Tis bad for my constipation. 'Tis indeed.*'

*     *     *

Pan gyrhaeddodd Eilir Dŷ'r Offeiriad fore trannoeth, a mynd ati i gyfnewid diodydd Jo MacLaverty, cafodd groeso mab afradlon. 'Gymerwch chwi goffi, Eilir?' Roedd hwnnw, fel rheol, o gael ei orfragu yn ddu fel triog ac mor stiff â thar – yn fwy stiff, a dweud y gwir, na'r tar a daenai ffyrm 'Shamus O'Flaherty Mulligan a'i Feibion' ar gefnffyrdd y fro.

'Mi gymra' i banad, Jim, i gadw cwmni i chi. Coffi gwyn, os ca' i, ac un rhan o dair ohono fo yn ddŵr.'

'Dŵr, Eilir?' Un o gasbethau'r Tad Finnigan oedd diodydd gweinion. 'Siwgr?'

'Pedair, os gwelwch chi'n dda.' Yr oedd coffi'r Offeiriad yn anyfadwy heb ei wanhau'n eithafol a'i felysu i'r eithaf.

Wedi i'r coffi dywallt mor araf â thriog i ddau fwg, ac i un gael ei wanhau a'i felysu yn ôl y cais, bu'r ddau yn sgwrsio'n ddiddan am hyn ac arall. Fu erioed ŵr eglwysig siriolach na Finnigan, ac roedd Eilir ac yntau'n gyfeillion agos. O ran ei syniadau, roedd yn Babydd gwarcheidiol ac eithafol o uniongred; un a fyddai'n gwbl barod i fynd i'r stanc dros ei Ffydd ac yn ddiolchgar am gael cerdded y llwybr hwnnw.

Wedi pwl o sgwrsio, taflodd yr Offeiriad lygad sychedig i gyfeiriad y poteli, 'Gŵr bucheddol, Jo MacLaverty, Eilir Thomas.'

'Ia, debyg.' Nid ei fod erioed wedi cael ei argyhoeddi o hynny.

'Duw gadwo'i enaid. Mae o'n cofio gyda chysondeb am syched yr Offeiriad.'

'Ydi, mi wn.'

'Rwy'n mawr hyderu y dyrchefir o i fod yn Sant, ddydd a ddaw. MacLaverty Connemara Peat yw'r peth mwyaf llesol i'n gerddi ni, ac mae'r ddiod a fregir ganddo yng nghorsydd gwlybion Ballinaboy yn clirio'r pen ac yn llawenhau'r galon.' Cafodd syniad carlamus, 'Fynnwch chi ddafn neu ddau yn eich coffi, Eilir?'

''Ddim yn siŵr. Ond diolch i chi am y cynnig.'

'Mae hi'n ddoethach, mae'n debyg, i beidio â dechrau ben bore. Tua thri y prynhawn yw'r amser cymeradwy, yn ôl fy mhrofiad i. Hylif cryf, Eilir Thomas. Effeithiol iawn, a dweud y gwir, at godi hen farnis. Ond ei fod yn rhy werthfawr, wrth gwrs, i'w ddefnyddio i amcanion felly.'

Uwchben y wermod cafodd Eilir gyfle i drafod y Sacrament o Fedydd a oedd i'w chynnal fore Sul. 'Fel deudais i Jim, ar y ffôn, mi fydd Coleen yn fwy na balch o'ch gweld chi yn y gwasanaeth, achos Pabyddes ydi hi wedi'r cwbl.'

'Pabyddes?' a glasodd wyneb lliw porffor yr Offeiriad. 'Fu hi ddim wrth yr allor er dydd ei chonffyrmasiwn! Merched y fall, Eilir Thomas, merched y fall. Mae ei hymddygiad hi, a'i hamryw chwiorydd, yn fy nhemtio i e-bostio'r Tad Sanctaidd ei hun ac erfyn arno newid ei ddatganiadau parthed atalcenhedlu.'

O weld ymateb yr Offeiriad, teimlai Eilir na fyddai'n deg arno ei gymell i gymryd rhan mewn oedfa gyda theulu a achosai y fath ofid iddo ac mewn Sacrament nad oedd yn gwbl hapus yn ei chylch. 'Cofiwch rŵan, Jim, 'does dim rhaid i chi fod yn bresennol. Dymuniad Coleen yn unig ydi o. Hoffwn i mo'ch gorfodi chi i 'neud rhywbeth sy'n groes i'ch 'wyllys.'

Siriolodd y Tad Finnigan drwyddo a daeth sbonc i'w lais. 'Peidiwch â phryderu dim, Eilir. Achlysur cymdeithasol fydd y peth i mi, tebyg i dombola, dyweder. Cyfle i gymdeithasu ac i lawenhau.' Ac roedd rhagfarnau'r Tad Finnigan mor niwlog â'i resymeg. 'A phwy a ŵyr na fydd fy mhresenoldeb i yn rhyw gymorth i gadw'r Mulliganiaid rhag rhoi'r lle ar dân.'

'Ond mi ddarllenwch o'r Gair?'

'Â phleser. Ma'r Tad Sanctaidd yn caniatáu inni ddarllen y Beibl mewn mannau sydd heb fod yn gysegredig.'

Cododd Eilir o'i gadair a hwylio i ymadael ond cydiodd yr Offeiriad yn llawes ei gôt, 'Eilir, cyn i chwi ymadael, mae rhaid i chwi glywed hon.' Un arall o wendidau'r Tad Finnigan oedd pedlera jôcs Gwyddelig, weithiau heb nabod y ffin rhwng y derbyniol a'r pornograffig. 'Y Tad O'Reilly – heddwch i'w lwch – wedi colli beic. Bu'n chwilio amdano'n ddyfal ymhobman. Yn union cyn gweinyddu'r Offeren, un bore Sul, apeliodd at ei blwyfolion i'w gynorthwyo. Ond y Sul canlynol roedd yn darllen y *Deg Gorchymyn*. Daeth at y seithfed, 'Na odineba'. "Frodyr a chwiorydd, ebe'r Tad O'Reilly, "rwyf newydd ddwyn ar gof ym mha le y gadewais fy meic".' A gwenodd y Gweinidog – o garedigrwydd.

*       *       *

Wedi'r bedydd y bu'r anffawd. Nid bod y bore cyfan wedi bod yn un diofidiau o bell ffordd. Gan ei bod hi'n bwrw glaw fel o grwc, cychwynnodd Ceinwen ac Eilir am y capel yn fwy na chynnar a rhybuddion ei wraig yn llosgi yn ei glustiau gydol y daith.

'A gofala am ddŵr Jo MacLaverty. Mi rydw' i wedi rhoi peint ohono fo mewn potal lân. Mi ddyla' hynny fod yn ffyl digon.'

'Wn i, Cein. 'Ti 'di deud deirgwaith o'r blaen. Ac ma'r botal gin i yn saff yng nghist y car.'

'A gofala' na fydd Meri Morris ddim yn 'roi o i'r blodau ne' mi wywan cyn diwadd yr oedfa.'

'Plastig ydyn nhw, yr adag yma o'r flwyddyn.'

'Plastig ne' beidio, mi all dŵr MacLaverty wywo rhai felly.'

'Mi gymra' i bob gofal, Ceinwen. A dim ond dafn ne' ddau ro'i ar dalcian y babi c'ofn i hwnnw wywo yn 'y mreichiau i.'

Bu raid i'r Gweinidog gario'r dŵr am gryn wyth gan llath, drwy law mawr, o'r fan y llwyddodd i barcio'r car at ddrws y capel. Fel ymhob priodas a bedydd yng Nghapel y Cei lle'r oedd y Mulliganiaid â rhan ynddynt, roedd pob llain o dir parcio o fewn cyrraedd i'r capel wedi'i fachu ymlaen llaw a faniau a lorïau'r cwmni wedi'u parcio ar y palmentydd, i fyny ochr cloddiau a gyferbyn â drysau tai – a hynny mor agos fel na allai trigolion y tai hynny fynd i mewn nac allan o'u cartrefi. Mewn bae rhy fychan wrth ysgwydd y capel, a'r rhybudd 'Parcio i'r Gweinidog yn Unig' yn gwbl amlwg, roedd yna lori felen a 'Shamus O'Flaherty Mulligan' ar ei drysau a thar poeth yn ei thrwmbal yn mygu yn y glaw o dan shiten denau o darpolin. Rhai o'r meibion, mae'n debyg, wedi picio i'r oedfa o deyrngarwch teuluol cyn symud ymlaen wedyn i darmacio llain o dir yn rhywle neu'i gilydd.

Ar risiau porth y capel cyfarfu ag Ifan Jones, yr hen ffarmwr, yn fyr ei wynt a golwg wedi hario'n lân arno. 'Bora da, Ifan Jones. Ydach chi'n weddol?'

'Ydw', ar wahân 'mod i flewyn yn fyr o wynt a fymryn yn benysgafn. Ond unwaith ca' i ista am blwc fydda' i ddim yr un un.'

Ar hynny, daeth John Wyn, yr Ysgrifennydd, i lawr y stepiau ar garlam, yn fynydd llosg ar ffrwydro. Gofynnodd ci gwestiwn arferol, 'Lle ar y ddaear fawr ydach chi wedi bod?'

''Dydi hi ddim yn chwarter wedi naw eto.'

'Mi fydda' run oedd gynnon ni o'ch blaen chi . . .'

'Yr hen Richard Lewis,' promtiodd y Gweinidog, yn gwybod y bregeth air am air o'i chlywed mor gyson.

'Ia, hwnnw.'

'Yma fel roedd hi'n dyddio.'

'Bydda', os nad yn gynt na hynny.'

'Methu cysgu, debyg, am fod rhai o'i flaenoriaid o yn chwythu'u topiau.'

'Bosib' iawn. Ond dowch i mewn, bendith tad i chi, cyn i MacLavatory roi'r lle ar dân.'

'MaLaverty,' a'i gywiro.

'Ia, hwnnw s'gin i mewn meddwl. Mae o a'r Tad Finnigan yng nghefn y capel yn ffraeo fel dau glagwydd.'

'Pam?'

'Wel, ma' Finnigan 'na wedi dwyn ryw gannwyll oddi arno fo.'

''Dydi o 'rioed yn golau canhwyllau'r tro yma eto?'

'Ydi. Tro dwytha', os cofiwch chi, mi roth Lavatry'i wasgod ei hun ar dân. Dowch i mewn, bendith tad i chi.'

Erbyn i'r Gweinidog gyrraedd cefn y capel, roedd y Tad Finnigan ac 'Yncl Jo' wedi dod i ddealltwriaeth, a'r Offeiriad yn gosod y telerau i lawr, *'I won't tell you again, Jo MacLaverty, you're not to light any more candles.'*

*'But Father, I always light a candle in the House of God.'*

Hopiodd y Tad Finnigan i frigyn ucha'i gawell, *'Have I not told you before, Jo MacLaverty? 'Tis is no house of God. 'Tis a Welsh chapel.'*

*'Is that so, Father?'*

*'It is indeed. Now, give me those matches, and be seated.'*

*'Indeed I will. And bless you, Father.'*

O edrych o'i gwmpas, sylwodd Eilir mai dyma'r gynulleidfa gryfaf a welodd yng Nghapel y Cei ers rhai blynyddoedd, os nad erioed. Roedd teulu Mulligan yn llu mawr iawn, yn tywyllu naill hanner y capel ac wedi gyrru pawb arall o'u seddau arferol a'u gorfodi i eistedd ar y cyrion.

Yn y gegin, tu cefn i'r capel ac wrth ochr y festri, roedd Meri Morris yn gosod y blodau plastig mewn cawg.

'Sudach chi, Meri Morris?'

'Lle ma' dŵr y dyn MacLavatry 'na gynnoch chi?' oedd ateb Meri. 'I mi ga'l 'i roi o yn y Cwpan Bedydd, a mynd â fo i'r Sêt Fawr, cyn bydd y babi wedi cerddad i mewn.'

'Dyma'r dŵr ichi,' a gosod y botel ar ymylon y sinc. 'A rhowch ddigon 'chydig ohono fo.'

''Chydig?'

'Wel, digon i mi fedyddio hefo fo, dyna'r cwbl.'

'Reit.'

Yn ystod rhan gyntaf y Gwasanaeth Bedydd roedd yna sŵn byddarol; pob un o'r Mulliganiaid bach yn ffidlan hefo ffôn symudol, yn cyfarch rhai o'u cefndryd a'u cyfnitherod a fethodd â chyrraedd yr oedfa gan roi sylwebaeth ar y pryd ar yr hyn a oedd yn digwydd. Roedd rhai o'r rhai hynaf wedi llwyddo i anfon negeseuon testun i'r plant mwy sifil a eisteddai am y llwybr â hwy, a'r negeseuon hynny yn cynnwys bygythiadau enbyd a sawl her. Ond yr hyn a synnodd Eilir fwyaf oedd y gwahaniaeth yn eu hymddygiad pan gododd y Tad Finnigan i ddarllen y *Deg Gorchymyn*: diffoddwyd pob ffôn symudol yn syth a dilëwyd pob neges testun yn y fan. Gan mor ddwys oedd y gwrando aeth Eilir i ofni y gallai diwygiad dorri allan yn un ochr i'r capel.

Nid oedd raid iddo ofni. Erbyn amser derbyn yr offrwm, roedd y sŵn a godai o'r adain honno o'r adeilad mor drystfawr ag erioed. Yn anffodus, un casglwr a oedd wrth y gwaith y bore hwnnw, Hopkins y Banc. Penderfynodd Hopkins, rhag gwneud cam â'r ffyddloniaid, gasglu ochr yr aelodau i ddechrau a symud at ochr y Mulliganiaid wedyn, gan ddechrau o'r blaen a gweithio at yn ôl. Gofid i Eilir oedd gweld wyrion a wyresau Shamus Mulligan yn helpu'u hunain yn agored i'r arian a oedd ar y plât yn hytrach na chyfrannu, ac aelodau hŷn y teulu yn dilyn eu hesiampl. Pan ddaeth Hopkins â'r offrwm at y Gweinidog i offrymu gweddi o ddiolchgarwch, 'doedd yna ddim llwchyn ar y plât iddo fedru diolch amdano.

Ond bu'r baban a fedyddid yn ddigon o ryfeddod. Yn gynharach, teimlodd Eilir beth tristwch o weld John James yn cario'r bychan i mewn ar ei fraich a Coleen, ei wraig ifanc, yn rhydio tu cefn iddo. Daeth i feddwl y Gweinidog fod Coleen wedi hen benderfynu 'cael un bach arall' ymhell cyn hysbysu John James o'i bwriad. Ciciodd ei hun am iddo hel y fath feddyliau. Ni ddaeth rheg o enau'r bychan gydol y gwasanaeth. Wrth i'r Gweinidog ofyn i'w rieni roi'u haddewidion daeth gwên hyfryd i'w wyneb ac wedi i Eilir roi dŵr corsydd

Ballinaboy ar ei dalcen gallai daeru iddo'i glywed yn dweud 'diolch'.

Meri Morris oedd y cyntaf i sylwi nad oedd Ifan Jones yn dda ei iechyd. Roedd y ddau'n eistedd obobtu, yn wynebu'i gilydd, yn y ddwy sedd agosaf i adwyon y Sêt Fawr. Sleifiodd Meri allan ac am y gegin i nôl llymaid o ddŵr iddo. Y peth cyntaf a welodd y Gweinidog oedd Meri'n gwyro wrth ben yr hen ŵr ac yn tywallt y dŵr bedydd, *'fatal by mouth'*, i lawr ei gorn gwddw ac Ifan yn ei ddrachtio fel oen llywaeth wedi colli sawl ffîd. Pan oedd Eilir ar symud i'r cyfeiriad gwelodd Ifan Jones yn llyncu'r dracht olaf, yn sychu'i weflau â'i lawes, a golwg wedi'i adfywio arno. Yn wir, Ifan Jones, fel codwr canu, a drawodd yr hen alaw Gymreig *Twrgwyn* i gloi'r oedfa a theimlai Eilir fod yr hen ŵr, yr un pryd, yn canu o'i brofiad:

Mae dyfroedd heilltion Mara
    Wrth fy modd,
A'r dyfroedd yn Samaria
    Wrth fy modd;
Mae dŵr yn gymorth cyson
I adfer holl blant dynion,
O! diolch am y moddion
    Wrth ein bodd;
A chanwn fel angylion
    Wrth ein bodd.

\*    \*    \*

Aeth cryn wythnos heibio cyn i'r Gweinidog daro ar Meri Morris wedyn. Fe'i gwelodd, un bore, wrth storws Amaethwyr Arfon yn lluchio'r baich olaf o stanciau cryfion i drwmbal y *Daihatsu* hynafol ac yn prysuro i gyfeiriad y cab.

'Prysur ydach chi, Meri Morris?'

'Mistyr Thomas, chi sy'na? Wel ia, newydd ddarfod yr ail rownd lefrith 'dw i ac ma' Dwalad 'cw ar bigau'r drain isio'r stanciau 'ma iddo fo ga'l dechrau ffensio.'

'Gyda llaw, glywsoch chi sut ma' Ifan Jones erbyn hyn?'

'Fel cyw gŵydd, medda' nhw i mi.'

'Tewch chithau.'

'Ro'dd Moi Tatws yn deud, gynna', pan alw'is i yn 'i siop o, bod hôm-help Ifan Jones yn deud 'i fod o flys garw â chwilio am wraig arall.'

'Yn 'i gyflwr iechyd o?'

'Ia. Wel, os medrwch chi roi coel ar be' fydd Moi Tatws yn 'i ddeud.'

'Ma'n dda gin i ma' fel'na ma' hi. Mi ddylwn fod wedi deud wrthach chi, fora Sul, fod y dŵr Ballinaboy yn farwol – o'i yfad.'

'Wel, mi ddylach fod wedi deud wrtha' i'n gynt,' ebe Meri Morris yn ddigon blin. 'Be' tasa fo wedi marw dan 'y nwylo i? Heblaw, arnoch chi basa'r bai.'

'Gyda llaw, mi ddaru chi dywallt be' oedd yn sbâr i lawr y sinc, debyg?'

'Bobol na 'nes i. Dda gin i ddim gwastraffu dim, dim dŵr hyd yn oed.' Roedd hynny'n efengyl wir. 'Na, mi e's i â fo adra hefo mi, a'i roi o i'r ieir-dodwy-allan s'gin i. 'Dydyn nhw yn dodwy yn debyg i ddim hefo dŵr tap.'

'Ydyn nhw'n fyw?' holodd y Gweinidog mewn ofn.

'Yn fyw, ddeutsoch chi? Ydyn yn tad. Mi fuo nhw'n dodwy dau wy yr un am dridiau wedyn, nes i'r dŵr bedydd ddarfod.'

'Ydach chi 'rioed yn deud?'

'Ond ma' rhaid bod o'n ddŵr rhyfeddol o gry', fel rydach chi'n awgrymu. Mi fwrion 'u plu dros nos, er 'i bod hi'n gefn gaea'. Wel, well i mi'i throi hi rŵan ne' mi fydd Dwalad 'cw wedi mynd o'i ddillad.'

'Dyna chi.'

Wedi mynd i mewn i'r pic-yp a llwyddo i'w danio, ar yr ail neu'r trydydd tro, gwthiodd Meri y cap gwau, ac yna ei phen, allan drwy ffrâm y ffenest a holi, 'Deudwch i mi, Mistyr Thomas, wyddoch chi ddim lle medra' i ga'l rhagor o'r dŵr Maclavatry 'na?'

'Rhagor o'r dŵr?'

'Ia. I'r ieir.'

'Fedrwch chi gadw cyfrinach, Meri Morris?'

'Medra'.'

'A finnau. Bora da i chi rŵan.'

## 6. Y GWIR YN ERBYN Y BYD

'Diawl, dowch i mewn o'r glaw,' ebe Jac Black, yn annisgwyl groesawus, ''c'ofn i chi 'lychu.'

'Diolch i chi.'

'Sgiat! Oedodd Cringoch, y gath strae, a oedd â'i ben rhwng ei goesau yn archwilio'i barthau ôl, a rhythu ar Jac. Unwaith neu ddwy yn ei fywyd y clywodd gomand mor ffyrnig. Ond wrth weld Jac yn estyn am y cadach llestri aeth y cwrcath i ofni'r gwaethaf a llamodd fel llewpart o'r gadair freichiau i'r aelwyd ac ailgydio yn yr ymbincio.

'Ma'n dda sobor gin i ych gweld chi. Y . . . 'steddwch,' a phwyntio at y pant cynnes yn y gadair freichau lle bu'r gath yn cysgu. 'Fuo 'na 'rioed gath lanach, am wn i.'

'Wel, am funud 'ta.'

'Heblaw 'i fod o'n gythra'l am hel chwain.'

Arfer Jac Black oedd rhoi traed o bridd i bawb, yn arbennig weinidogion yr Efengyl. O'i weld yn gleniach dyn aeth Eilir i ddyfalu pa newid a ddaeth i'w ran, 'Ydach chi 'rioed wedi ca'l tröedigaeth arall, Jac?'

'Nag'dw. A deud y gwir 'dydi'r un gynta' ge's i ddim wedi llwyr golli'i heffaith eto.'

'Ond roeddach chi'n deud bod yn dda gynnoch chi 'ngweld i? Ma' hynny'n beth newydd.'

'Ydi siŵr. Rhyngoch chi a finnau, a'r waliau 'ma, wedi dechrau sgwennu fy hunangofiant ydw i.'

'Be'?'

'Y gyfrol gynta' felly,' ac arwain llygaid y Gweinidog at

129

fwrdd y gegin. Ar hwnnw roedd dwy neu dair o dudalennau ffwlsgap, mor grychlyd yr olwg â phetai Cringoch wedi cysgu arnynt – hwyrach mai dyna a oedd wedi digwydd. Roedd y dudalen gyntaf yn blastr o sgwennu anarferol fras a beiro, blinedig yr olwg, yn gorffwyso ar ei hwyneb ac yn diferu inc fel tap wedi gwisgo'i wasier. 'Y rhagarweiniad ydi hwnna', eglurodd Jac. ''Dydw i ddim wedi dechrau ar stori 'mywyd eto. Fûm i drwy'r bora yn trio clandro pryd ce's i 'ngeni.' Daeth mwynder yn ôl eto i'w lais, 'Ond rhyw obeithio ro'n i basach chi'n rhoi help imi hefo sbelio a ballu, os eith hi'n fain arna' i.'

'Wel, rwbath fedra' i 'i 'neud i helpu fydda' i ddim ond yn rhy falch,' atebodd y Gweinidog yn arferol naïf. 'Mi wna' i be' fedra' i ond 'dydw i ddim yn arbenigwr ar iaith, cofiwch, ddim o bell ffordd.'

'Diolch yn fawr iawn i chi. Dew, mi fydd y pethau s'gin i i' ddeud am rai o bobol y dre 'ma yn ddigon i godi gwallt pen rhywun. Mi werthith y gyfrol, gewch chi weld – wel, y tair o ran hynny – fel byns poeth.'

'Tair?'

'Ia siŵr. Y gynta' sy' ar y gweill ar hyn o bryd. 'Dydw i ddim wedi ca'l papur a beiro eto ar gyfar sgwennu'r ddwy arall. Gyda llaw, sawl 'o' fasach chi'n ddeud sy' yn y gair 'môr'? Fydda' i isio sôn dipyn am hwnnw, now an' dden.'

'Y gair 'môr'?'

'Ia?'

'Wel, un. Ond bod yna acen grom ar yr 'o'.

'Diawl, dyna hi eto,' ebe Jac a phoeri i'r tân oer. 'Finnau wedi rhoi dwy. Fydda'r hen Fiss Thomas yn yr Infants, 'stalwm, yn deud wrthan ni am ofalu rhoi tair.' Taflodd gip llawn gofid ar y tudalennau ar gongl y bwrdd, 'Fydd raid imi ailsgwennu'r dudalan gynta' i gyd. Ac mi gymith hynny ddarn o dd'wrnod imi.'

'Gyda llaw, Jac,' gofynnodd y Gweinidog yn awyddus i wybod ymhle y tarddodd y chwiw llenydda, 'sut meddylioch chi am fynd ati i sgwennu hunangofiant? Mi fydd yn dasg enfawr.'

'Dim fi feddyliodd, ylwch.'

'O?'

'Na. Ca'l fy nghymell 'nes i 'te?'

'Deudwch chi.'

'A cha'l addewid am swm o arian cadwith fi mewn licwid tra bydda' i, unwaith bydd y gwaith ar y farchnad.'

'Swm go fawr felly. Ond ewch ymlaen.'

'Wel, i dorri stori hir yn un fer, ro'n i yn y 'Fleece', pa noson, yn chwilio am dama'd i f'yta.' (Roedd hynny'n sicr o fod yn gelwydd.) 'Sgynnoch chi amsar i wrando?'

'Oes.'

'Fel deudis, i ro'n i yn y 'Fleece', pa noson . . .'

*   *   *

Y noson dan sylw roedd Jac Black wrth far y 'Fleece' ac Oli Paent yn ei gesail; Oli yn dew ei dafod ers plwc a hinjis tafod Jac wedi'u hoelio i berffeithrwydd – yn diddori pawb a oedd ag amynedd i wrando. Fesul un ac un rhoddodd yr hogiau o-dan-oed-yfed heibio eu gêm pŵl a llithro at gyffiniau'r bar i wrando ar Jac, un o'u harwyr cyfoes, yn mynd drwy'i bethau.

'Oedd hi'n llong fawr, Jac?' holodd un o'r hogiau yn gwthio cwch i'r dŵr.

'Mawr ddeudist ti? Hir, 'te 'ngwas i?' Fydda' raid i mi ga'l beic i fynd o un pen i'r llall ne' cerddad basa' rhywun am ddyddia'.' Craffodd Jac ar y llanc drwy haenen o dawch, 'Be 'di dy oed ti, cwb?'

'Thyr-tîn . . . Dolig nesa'.

'Diawl, 'ti i fod mewn lle fel hyn, a hithau'n niwl?'

'Nain Cwini,' a chyfeirio at gymanfa o wraig a drigai yn yr un rhes tai â Jac, 'yn deud bod hi'n O.K.. Ond i mi beidio ag yfad dim byd ond y ffroth.'

'Be' thaw o'r oes, Jab Clac?' holodd Oliver Parri, yn dduwiol-llyd, ond yn methu ag ynganu hyd yn oed enw'i gyfaill mynwesol yn rhyw glir iawn. 'Dyna th'gin i.'

Dewisodd Jac beidio â mynegi barn. Roedd Cwini Lewis yn wraig i'w hofni a 'doedd cownt Jac ddim yn uchel ganddi fel ag yr oedd pethau. 'Wel hogia', tair ar ddeg o'n innau pan ddengis i i'r môr.'

'Dengid? . . . Cŵl, ia?' a chwibanodd un neu ddau o'r plant ifanc eu hedmygedd.

'A wyddoch chi be' oedd y peth cynta' ddigwyddodd i mi?'

'Meddwi, ia?' ebe un arall o wyrion Cwini Lewis yn gweithio ar athroniaeth tebygolrwydd.

Hanner-gododd Oli Paent oddi ar ei stôl o glywed y fath haerllugrwydd gan lwyr fwriadu rhoi cic ym mhen ôl y llanc. Wrth wneud hynny, bu bron iddo syrthio o'i sefyll a mynd â 'Jac Clac', chwedl yntau, i'w ganlyn, 'Wpth-â-desi! Ista fytha lora imi.'

'Na, thwtsis i ddim diferyn o'r llaeth mwnci 'ma, hogia',' a dal y gwydryn wisgi hanner gwag i fyny i'r golau, 'nes ro'n i'n un ar hugian oed, ne' well. A faswn i ddim wedi gneud wedyn, oni bai i mi ga'l mymryn o annwyd, a doctor y llong yn recomendio'r peth. Na, y peth cynta' ddigwyddodd i mi, hogia', wedi i mi fynd i'r môr oedd ca'l fy ngolchi dros 'rochor.'

Aeth syndod y plant yfed-o-dan-oed yn rhyfeddod, 'Dros 'rochor?'. . . 'I'r môr?' . . . 'Ddaru chi foddi, Jac?' holodd un, yn ddwl.

'Boddi, ddeudist ti?' arthiodd Jac. 'Diawl, 'swn i wedi boddi faswn i ddim yma, na faswn, yn deud yr hanas?' Edrychodd ar ei gyfaill ac ochneidio, 'Olifyr Parri, be' ddaw o'r oes?' Ond roedd Oli Paent tu hwnt i bryderu am ddyfodol yr oes, na dim arall. Gorffwysai ymlaen ar y bar â'i ben ar ei freichiau yn rhochian cysgu. Ysgydwodd Jac ei ben a sibrwd yn drist, 'A be' ddaw o Olifyr Parri o ran hynny?'

'Sut aethoch chi dros 'rochor?' holodd un arall o'r hogiau, yn awyddus i gael mwy o'r ddrama.

'Wel, mi ddeuda' i wrthat ti, blewyn. Un noson stormus gythra'l, pan o'n i'n ista ar y toilet, mi ddaeth yna anfarth o don – wedi colli'r map, ma'n debyg – i fyny'r bwcad a fy lluchio i, fel ro'n i, allan drwy ddrws y tŷ bach a thros ochor y llong i'r môr. Lwcus i mi gydio mewn handlan brwsh wrth fynd heibio, a nofio hefo help hwnnw y bûm i am bron i wsnos wedyn nes i ryw gwch pysgota f'achub i. Ond dyna fo, mi rydw' i'n fyw i ga'l y fraint o ddeud yr hanas wrthach chi hogia',' a dechreuodd Jac snwffian crïo a gollwng dagrau nionod.

Ar hynny, daeth merch ifanc ymlaen. Roedd hi wedi bod yn eistedd ers tro wrth fwrdd ar gwr y bar yn gwrando'r cyfan. Tynnodd ei hun i fyny i eistedd ar un o'r stolion ar yr aswy i Jac; hances boced o sgert ledr dywyll am ei llwynau, blows goch danbaid a gwallt lliw cwstard yn donnau cyrliog dros ei hysgwyddau ac mor addurnedig â chaseg sioe. Rhoddodd ei champari-a-soda ar wefus y bar ac estyn braich hir, denau a llaw ewingoch i gyfeiriad Jac a'i gyfarch mewn llais dwfn fel môr yn crafu'r gwaelod, 'Esyllt Morris ydw i o'r Academi Gymreig'.

Gan ei fod mor fyr ei freichiau, a ddim yn gwbl sobr, bu bron i Jac Black blymio i'w mynwes helaeth ond llwyddodd i gyrraedd y llaw estynedig heb ddisgyn ac yna cael ei hun yn ôl ar ei stôl. 'Dda gin i ych cyfarfod chi, Musus.'

'Miss.'

''Ddrwg gin i.'

'Mi rydw' i'n casglu ma' Mistyr John Black ydi'r enw?'

'Dyna chi. Wrth yr enw hwnnw y daru Mam, yr hen dlawd, fy medyddio i. Ond fel Jac ma' hwn ac arall yn fy nabod i ar hyd a lled y wlad.'

'O's gynnoch chi'r amsar Mistyr

Black i ni gael ymgom fach?'

'Dew, galwch fi yn Jac ylwch. Ne' fydd gin i ddim syniad at bwy y byddwch chi'n cyfeirio.'

'Dyna ni, Jac', ac ynganu'r enw yn felodramatig. 'Galwch finnau yn Es.'

'Y?'

'Es, y byrfodd, Jac, am Esyllt.'

'O!' ond ddim wedi deall yn llawn.

'Fel yr awgrymais i, fe hoffwn i gael sgwrs hefo chi, Jac. Yn breifat, mwy neu lai.'

Taflodd Jac gip ar y hogiau-o-dan-oed a oedd wedi llusgo'n nes fyth at y bar erbyn hun a phob un yn gegrwth. ''Nôl at y peli 'na, cybiau, cyn i mi gicio'ch tina' chi!' a chiliodd yr hogiau i gyfeiriad y bwrdd pŵl, yn amlwg siomedig.

I gau rhagor o glustiau, ymestynnodd y ferch ifanc ymlaen ac edrych heibio i wydryn gwag Jac Black at Olifyr Parri, 'A'ch cyfaill?'

'Oli ydi hwn, Oli Paent fel y byddwn ni'n 'i alw fo. Ond na chydith yr hen slaf ddim mewn coes brwsh nes bydd hi'n bnawn fory, bellach. Na, ma'r hen Oli fel y banc – hyd yn oed pan fydd on sobor.'

'Un o'r fro hon ydach chi, Jac?'

'Wedi magu a 'ngeni yma.'

'Wela' i.'

'Rhif dau, Llanw'r Môr.'

'A'ch tad, un o'r fro hon oedd o?'

''Dydi adres hwnnw ddim gin i,' ebe Jac yn ddigon cwta. 'Mwy nag oedd o gin Mam o ran hynny.'

'A be' am eich mam, Musus Black?'

'Miss Black.'

'Mae'n ddrwg gen i.'

'Gin i ofn i mi landio cyn iddi gyrra'dd at yr allor. Yn anffodus.'

'Diddorol. A'i hobi hi, pan oedd hi'n ifanc?'

'Gwrando ar y Band.'

'Wel, wel.'

'O du ôl y Cwt, felly.'

'A deudwch i mi, Jac, be' oedd ei hoff gerddoriaeth hi?'

*'Comrades in Arms.'*

Penderfynodd Esyllt Morris mai dyma'r awr a'r lle i fynd â'i maen i'r wal. 'Os ca' i egluro, Jac, ein gwaith ni yn Yr Academi Gymreig ydi hyrwyddo llenyddiaeth yng Nghymru, yn y ddwy iaith. A cheisio cynnal y safonau, wrth gwrs.'

'Deudwch chi.'

'Ond mae darganfod awduron newydd, bob amser, yn falm i enaid y gymdeithas. A heno yma, Jac,' ac ynganu'r enw'n fwy melodramatig fyth, 'o'ch clywed chi'n adrodd stori ryfeddol eich bywyd lliwgar wrth y to sy'n codi, fedrwn i ddim llai na meddwl am y gymdeithas Gymreig yn yr Oesoedd Canol. A'r Cyfarwydd yn diddanu'r llys.'

'Y?' ac roedd yr haenen o niwl a welai Jac gynt yn dechrau mynd yn niwl trwchus.

'Wyddoch chi, pobl fel chi, a Bledri ap Cydifor a'i debyg, ydi cynheiliaid y traddodiad. Dawn rhai fel chi ydi sylfaen y *Pedair Cainc*.' O weld diddordeb Jac yn mynd yn llai daeth Es yn ôl i'r ddaear hefo bang, 'Maddeuwch i mi, ond beth gymrwch chi i'w yfed, Jac? Ar gost yr Academi wrth gwrs.'

'Wel, fasa' glasiad ne' ddau o'r *Tullamore Dew* hwnnw yn gneud dim drwg i glirio'r niwl 'ma. A chym'wch un ych hun, os ma'r ffyrm sy'n talu.'

'Na, mi lyna' i at yr hyn sydd gen i, wrth y bydda' i'n gyrru car yn nes ymlaen. Ond diolch i chi, Jac, am eich meddylgarwch. '

Wedi i'r ddiod gyrraedd a Jac yn ôl yn ei lawn hwyliau, tynnodd y ferch y stôl yn nes fyth ato a dechrau siarad yn ei wyneb mwy neu lai. 'Fel y deudis i, Jac, mae darganfod awduron newydd yn eli calon i'r Academi ac ma'n amlwg fod gynnoch chi stori arwrol a gwahanol i'w rhannu gyda'r genedl – y *genre*, yr *aqua vitae* y mae gwerin gwlad yn dyheu amdano.'

'Oes, debyg,' ond y geiriau llanw estron yn ddirgelwch llwyr iddo,

'Mae parchusrwydd Cymreig, Jac, os ca' i ddweud, fel rhyw *incubus* wedi gorwedd yn rhy hir ar gorff llenyddiaeth Gymraeg ac wedi erthylu'r posibiladau. Yr hyn a gawn ni yn arferol ydi gweinidogion, ac athrawon,' ac aeth Esyllt Morris i chwerthin yn goeglyd, 'y *bourgeois* eto fyth, yn adrodd stori bywydau sy'n ddiflas o debyg. Jac, cariad, ydach chi erioed wedi meddwl am ysgrifennu eich hunangofiant?'

'Sgwennu be', ddeutsoch chi?'

'Hunangofiant. Stori eich bywyd. Fe all yr Academi, beth ddywedwn ni, drefnu na fyddwch chi ddim ar eich colled.'

Niwl neu beidio, 'doedd Jac Black ddim yn un i osgoi neidio at abwyd pan fyddai hwnnw at ei ddant, 'A deud y gwir, Bes . . .'

'Es! Es ydw' i. Esyllt.'

'Ia siŵr hefo chi 'dw i'n siarad, ylwch. A deud y gwir, Bes, ro'n i wedi meddwl dechrau ar y job echnos, ond na fedrwn i yn 'y myw ddŵad o hyd i feiro.'

'Haleliwia!' gorfoleddodd Es a chodi'i breichiau i'r awyr, 'mae'r llenor yn barod yn ei weithdy ac yn paratoi i gasglu ei arfau ynghyd.'

'Diawl s'gin i ddim gweithdy. Tŷ teras ydi Llanw'r Môr.'

Llyfodd Esyllt Morris ei gwefusau dugoch fel cath newydd ddarfod dysglaid o hufen dwbl, 'Y fath naturioldeb cynhenid. Na, na, Jac, llefaru'n ffigurol roeddwn i ynglŷn â gweithdy. At weithdy'r meddwl roeddwn i'n cyfeirio. Na, fydd sicrhau gweithdy ddim yn angenrheidiol. Ond gwaith yr Academi fydd sicrhau comisiwn i chi a gwneud yn siŵr y bydd y miloedd cyntaf yn cael eu talu i chi fel y byddwch yn ymgymryd â'r gwaith. Fe ddaw y miloedd sydd i ddilyn pan fydd y *magnum opus*, y bydd mawr ddisgwyl amdano, wedi'i gyhoeddi. Mi fydd y breindaliadau, wrth gwrs, yn ychwanegol at hynny.'

'Dew, diolch yn fawr iawn i chi,' ebe Jac, heb y syniad lleiaf beth oedd 'breindaliadau' ond yn llwyr gredu y byddai'n bosibl troi peth felly hefyd yn bres diod. 'Mi a' i i Siop Lloyd bora fory ar 'y 'nghodiad, os medra' i godi, i chwilio am feiro a dipyn o bapur.'

Agorodd Esyllt Morris glasp y bag ffasiynol a hongiai ar ei hysgwydd a thynnu allan gerdyn chwaethus, 'Cysylltwch hefo mi, Jac, 'nghariad i, cyn gynted ag y bydd y llenor sydd ynoch chi wedi dechrau creu. Gyda llaw, rhowch eich cyfeirad chithau i minnau, a rhif eich cyfri banc.'

'Os g'newch chi faddau i mi, arian parod fasa'r gorau gin i,' eglurodd Jac.

'Popeth yn iawn.'

'Ac anfon y rheini'n deirect i Macdougall, yn y 'Fleece' 'ma. Ma' 'na dyllau y leciwn i weld 'u llenwi nhw, cyn i mi farw.'

Chwarddodd Esyllt Morris yn llawen, 'Mor unigryw. Mor wahanol os ca' i ddeud. Y . . . gymrwch chi ragor i'w yfed, Jac?'

'Diolch yn fawr i chi. Ma'r peth yn help imi basio dŵr, ylwch.'

'Wela' i.'

Pasio allan fu hanes Jac Black cyn diwedd y noson. Erbyn hynny, roedd Esyllt Morris o dan y *duvet* yn yr Afr Aur a'i chwpan yn llawn, a Jac yn cysgu wrth ochr Oli Paent wrth far y 'Fleece'. Yn nhrwmbal lori darmacio Shamus Mulligan a Liam, un o'r hogiau, yn gyrru y cludwyd y ddau i'w cartrefi. Fel y proffwydodd Jac, roedd hi'n ddiwedd pnawn ar Oli Paent yn dod ato'i hun ac ni allai gofio dim am y noson flaenorol. Roedd Jac, fodd bynnag, yn fwy o athrylith. Cyn hanner dydd roedd ar ei draed ac addewidion y noson flaenorol yn grisial glir yn ei feddwl; cyn hanner awr wedi hanner roedd yn Siop Lloyd yn prynu beiro a phad sgwennu, un ffwlsgap, ac yn ceisio perswadio'r ferch a oedd tu ôl i'r cownter i e-bostio'r bil yn unionsyth i'r Academi Gymreig.

\*　　\*　　\*

Jac Black oedd y cyntaf i roi Porth yr Aur ar dân er 1294, pan losgwyd rhan o'r dref yn y frwydr ffyrnig a fu rhwng milwyr Madog ap Llywelyn a byddin Edward y Cyntaf. Gyrrwyd y dref, eilwaith, yn wenfflam a hynny ar sail yr hunangofiant beiddgar roedd Jac Black, yn ôl pob sôn, ar fin ei gyhoeddi.

Dull Jac o gynnau tân, oedd datgelu y sgandalau y bwriadai'u cyhoeddi wrth far y 'Fleece' a dibynnu wedyn ar rai o'i gymdeithion, Oli Paent a'r Cwnstabl Carrington a'u tebyg, i'w rhannu gyda thrigolion y dref.

Dros nos, aeth teuluoedd clos yn ddiarth i'w gilydd, gwelwyd cartrefi yn bygwth chwalu ac aeth mwy nag un briodas ar y creigiau. Gwelwyd cyfenwau yn cael eu newid ac ewyllysiau yn cael eu torri. Aeth busnesion llewyrchus i ddyfroedd dyfnion a chwsmeriaid yn newid eu teyrngarwch: perchnogion ceir yn newid garej, cleifion yn symud syrjyri, capelwyr yn troi'n eglwyswyr ac eglwyswyr yn troi'n gapelwyr, rhai'n newid clwb am dafarn a thafarn am glwb ac eraill yn newid deintydd a cheiroptydd, bwtsiar a barbwr, siop tsips a pharlwr trin gwallt. Yr unig un i ennill cwsmeriaid newydd oedd John James, ffyrm un-dyn *James James, James John James a'i Fab, Cyfreithwyr* – serch fod John James, hefyd, yn ŵr a chleddyf Damocles yn hongian wrth flewyn uwch ei ben.

*    *    *

Siop gwerthu papurau newydd ac anghenion swyddfa oedd gan Lloyd C. Lloyd mewn man manteisiol ar stryd fawr Porth yr Aur a'r ffenest bob amser yn blastr o hysbysebion – o gath ar goll i ŵr gweddw yn chwilio am wraig, o bram ar werth i wraig weddw yn chwilio am ganeri. Pan gyrhaeddodd Eilir ddrws y siop un bore, roedd yna gynulleidfa fawr yn rhythu i'r gwydr a llifeiriant cyson o gwsmeriaid yn mynd yn syth o'r ffenest i mewn i'r siop, tan agor eu bagiau neu wthio'u dwylo i'w pocedi i chwilio am arian. Wrth sefyll ar flaenau ei draed a chraffu dros ysgwyddau rhai talach, a gwthio'i ben heibio i ysgwyddau rhai tewion, llwyddodd y Gweinidog i weld yr hysbyseb annisgwyl:

I YMDDANGOS YN FUAN IAWN

# Y GWIR YN ERBYN Y BYD
## GAN J. BLACK

CYFROL DDADLENNOL AM BORTH YR AUR
A'I THRIGOLION
CYFROL A ALL ANFON RHAI I GARCHAR
(NODDIR GAN YR ACADEMI GYMREIG)
ARCHEBWCH YN DDI-OED

Ar waelod y poster du ar wyn roedd Lloyd wedi sgriblo 'Bydd yr awdur yn arwyddo copïau o'i gyfrol yn y siop hon'.

Cyn bod y Gweinidog wedi mynd gam neu ddau oddi wrth ffenest y siop clywodd sŵn fel tanc yn brecio a chlindarddach poteli llefrith yn cusanu'i gilydd yn y modd mwyaf nwydwyllt ac fe'i cuddiwyd gan gwmwl o fwg afiach. Wedi dod allan o'r cwmwl, fel Moses gynt, gwelodd *Daihatsu* hynafol Llawr Dyrnu wedi parcio wrth ei ochr a'r injian fregus yn pesychu troi – yn bygwth diffodd ac yna'n ailddechrau griddfan drachefn. Cymrodd funud neu ddau i Meri Morris ostwng y ffenest gan bod y gêr weindio, fel popeth arall yn y pic-yp, wedi hir rydu.

'Bora da, Mistyr Thomas', a daeth cap gweu Meri i'r golwg ac yna Meri'i hun. 'Mi rydach chithau wedi'i weld o?'

'Gweld be'?'

'Y postar 'na, yn ffenast Siop Lloyd.'

'Wel do.'

''Dydw i ddim wedi cysgu winc neithiwr – na Dwalad o ran hynny. Os oes gynnoch chi funud i sbario neidiwch i ffrynt y pic-yp 'ma i mi ga'l gair bach hefo chi.'

Y peth olaf oedd Eilir yn ei ddymuno, ganol bore, oedd teithio ar hyd stryd fawr Porth yr Aur ym mhic-yp asmatig Llawr Dyrnu, yn llygad y cyhoedd. Ond roedd Meri Morris yn un o selogion gweithgar Capel y Cei ac yn un o'i gefnogwyr gorau.

'Ar fy ffordd i ymweld ag un neu ddau o deuluoedd ro'n i.'

'Neidiwch i mewn 'run fath,' gorchmynnodd Meri.

Am yr hanner awr nesaf, teimlai Eilir fel dyn yn teithio mewn trên a'r gorsafoedd aros yn enbyd o agos i'w gilydd a chyda chymaint o sŵn a pharddu o'i gwmpas â phetai'r trên hwnnw yn un stêm. Ar hanner pob brawddeg roedd Meri yn neidio allan o'r pic-yp i ddanfon poteli llawnion neu i gasglu rhai gweigion; yna, neidio yn ôl i'r cab, ramio'r *Daihatsu* i gêr rhy uchel a hanner cwblhau'i stori.

'Y sglyfath iddo fo,' ebe Meri a'r pic-yp yn rhoi llam cangarŵ arall ymlaen, 'yn deud bod Dwalad a finnau . . . 'Rhoswch chi, ia, peint o laeth sgim a phot o laeth enwyn ma' petha' Trem Afon 'ma yn ga'l.'

Wrth eistedd ar ei ben ei hun yn sêt ffrynt y pic-yp, teimlai Eilir fel mwnci tu ôl i banel gwydr. Roedd ganddo ofn yn ei galon i rywun luchio banana i'w gyfeiriad. Dyna lle roedd deuoedd a thrioedd yn cerdded y stryd a sawl un yn codi llaw arno ac yna troi at ei gymydog. Gwyddai ei fod yn mynd yn geg i'r byd os nad yn destun gwawd.

'Ia, deud ro'n i,' meddai Meri a'r sgyrsion yn ailgychwyn eto, 'bod g'wilydd i'r sglyfath. A Dwalad a finnau wedi gweithio mor galad.'

'Ond deud be', Meri Morris?'

'Be' ma' petha' ifanc Glan Dŵr 'ma isio heddiw?' Neidiodd am ei sbectol a'r llyfr archebion. 'Dyma ni, tri pheint o laeth llawn. Ma' rhaid, felly, bod y babi wedi landio.'

Yn fuan wedyn, teimlodd Eilir ei fod yn mynd yn wlyb oddi tano. Edrychodd o'i gwmpas. Rhyngddo a sêt y gyrrwr roedd yna faich o drugareddau roedd Meri Morris wedi'u hel yn nes ati i wneud lle i'r Gweinidog: dwy dorth wen yn noethlymun groen, tun o saim iro peiriannau heb gaead, dwy deisen gwstard anemig yr olwg a'r melyn wedi dechrau rhedeg, tamaid o weiren bigog, dwy sleisen o gorn-bîff wedi dechrau

chwalu, stwff lladd malwod a sawl creadigaeth arall. Cododd
ei hun i fyny, a darganfod ei fod wedi bod yn eistedd ar ddarn
o god – a hwnnw wedi'i hanner lapio mewn papur menyn
rhyfeddol o denau – a bod siâp ei ben ôl yn stamp ar y darn
pysgodyn a'i fod yntau'n drewi o oglau pysgod. Penderfynodd
luchio'r tamaid cod ar ben gweddill y trugareddau. Clywodd
Meri Morris yn dweud sawl tro na laddodd baw neb erioed ac
roedd Dwalad a hithau'n braw byw bod y ddamcaniaeth yn
efengyl wir.

'Deud ro'n i,' meddai Meri yn gwthio'r cerbyd i'w gêr
unwaith yn rhagor ac yn codi'r clytsh yn ffyrnig o sydyn, 'fel
ma' Dwalad a finnau wedi gweithio'n hunain i'r ddaear a'r
sglyfath yna yn ein cyhuddo ni o . . . Dim ond gollwng crêt o
lefrith yn siop Moi Tatws ac mi fydd gin i fwy o amser i
sgwrsio hefo chi.'

Bu Meri Morris yn hir iawn yn Siop Moi Tatws. Wedi cryn
chwarter awr o oedi, daeth Moi a Meri Morris i ddrws y siop
a'r ddau yn ffraeo fel tinceriaid. Gan fod drws-gyrrwr y
*Daihatsu* yn hongian yn agored wrth un hinj, a bod gan Moi
lais wedi'i bitsio'n amhersain o uchel, ni allai Eilir lai na
chlywed y cyfan: Moi yn cyhuddo Meri o werthu llefrith wedi
dechrau suro, a Meri yn dweud petai o wedi dod â'r crêt i
mewn o'r haul, fel pawb call arall, y byddai'r llaeth mor ffres
â'r foment y potelwyd o. Ergyd olaf Moi, cyn mynd yn ôl i'w
siop mewn hyff, oedd datgan na roddai ddimai yng
Nghasgliad y Weinidogaeth o hyn ymlaen a'i bod hi'n 'braf
gythra'l ar weinidogion yn medru fforddio'r amser i fynd am
reid mewn fan lefrith'.

'A dyna i chi sglyfath arall,' meddai Meri Morris, yn
cyfeirio at Moi Tatws bellach. Erbyn hyn, roedd Meri wedi
parcio, yn fwriadol, gyferbyn â swyddfa hynafol John James,
ffyrm *James James, James John James a'i Fab, Cyfreithwyr.*

'Ond sôn roeddach chi, Meri Morris, am gyfrol newydd
Jac Black. Be' sy' yn ych poeni chi am y llyfr, os daw o allan?'

''Dydi o'n deud,' ebe Meri, yn swnio'n ddagreuol, 'bod Dwalad a finnau yn rhoi dŵr am ben y llefrith.'

'Ond fydda' rhai fel chi byth yn gneud hynny. A pheth arall, 'dydi'r llyfr ddim ar y farchnad eto.'

Gan gymaint ei gofid, roedd Meri Morris yn fyddar i ystyriaethau felly. 'Ond ar Jac Black ma'r bai. 'Dydi o'n gada'l y botal lefrith ar step drws, weithiau am dridiau, ac ma'r adar felltith yn pigo topiau'r poteli, ac yn yfad be' fedar 'u pigau nhw gyrra'dd, ac ma'r glaw wedyn yn ail-lenwi'r botal. A phris potal llaeth sgim 'dw i wedi bod yn godi ar y sglyfath pan fydd hi'n dywydd g'lyb.'

Fe gymrodd hi amser maith i'r Gweinidog berswadio Meri Morris i beidio â mynd i mewn i weld John James, yn y fan a'r lle – a'i lusgo yntau i'w chanlyn – ond oedi, yn hytrach, hyd nes y byddai'r llyfr wedi gweld golau dydd a mynd i lys barn yn nes ymlaen – os byddai'r gyfrol yn un enllibus.

*     *     *

'Hoffwn i ga'l gair bach hefo chi,' ebe William Howarth yn ymladd gweiddi yn erbyn y gwynt.

'Ia?'

'Yn breifat, frawd,' ac roedd 'bod yn breifat' yn arwyddair bywyd i'r Ymgymerwr. Os oedd dyn â dawn i wneud mynydd allan o bridd twrch, William Howarth oedd hwnnw. 'Awn ni tu cefn i hon, Mistyr Thomas,' a phwyntio at globen o garreg farmor, anghymarus o dal, a goffâi deulu brigog Gogerddan yn yr amser a fu. 'Chlywith neb mohonon ni wedyn.'

Y gwir oedd ei bod hi bron yn amhosibl i'r Gweinidog glywed Howarth, serch bod ceg hwnnw'n annifyr o agos i dwll ei glust.

'Musus Thomas mewn iechyd?'

'Sut?'

'Dyna ni.'

Wedi noson eithriadol o stormus roedd hi'n fore gwyntog sobr. Rhwng ubain y gwynt a droellai amgylch-ogylch y cerrig

beddau a sŵn llanw'r môr, islaw, yn crafu gwaelod yr eigion chlywodd fawr neb y Gweinidog yn arwain y gwasanaeth.

Tyrfa weddol fach o alarwyr a ddaeth i angladd yr hen Elsi Rogers 'Siop Galwch Eto' a phobl mewn oed mawr oedd y mwyafrif. Bu'r hen Elsi'n sefyll tu ôl i gownter ei siop mân bethau o fore hyd hwyr am bron i bedwar ugain mlynedd a hynny Sul, gŵyl, gwaith a hyd yn oed ar bnawn Dolig. Edrychai bob amser fel petai'n bwyta gwellt ei gwely – fel styllen o denau ac yn gam fel bachyn am iddi fod yn ei phlyg gyhyd uwchben ei llathen o gownter – ond bu byw i ddathlu'i deg a phedwar ugain a blwyddyn neu ddwy ar ben hynny. Roedd hi'n goel ym Mhorth yr Aur y medrai Elsi 'Siop Galwch Eto' werthu tywod i Arab a'i berswadio, yr un pryd, i'w brynu'n rhydd i arbed iddi dalu am fagiau. Os byddai cwsmer yn prynu, hyd yn oed drap llygoden, câi siars daer i 'alw eto' ond byddai cwsmer misi, un amharod i brynu, yn cael blas ei thafod:'Sut ma' hi'n bosib' i wraig dlawd fel fi dalu'r holl drethi 'ma a chithau'n prynu dim?' Cafwyd hyd i'w chorff dridiau ynghynt, wedi syrthio'n farw o'i sefyll tu ôl i'r cownter, a chan fod ganddi gysylltiad hyd braich â'r Capel Sinc yn ardal yr Harbwr cafodd Eilir wŷs gan Howarth i gynnal oedfa fer – yn y fynwent yn unig.

'Ma'n drist gin i ddeud, Mistyr Thomas,' ebe'r Ymgymerwr, wedi gwneud yn siŵr nad oedd neb o fewn clyw, 'ond mae yna deulu arall yn ein plith ni wedi cyfarfod â phrofedigaeth.'

'Pwy, felly?'

Ond daeth pwff o wynt heibio godreuon y gofgolofn a chipio het Howarth yn syth oddi ar ei ben a'i chodi i entrych nef, 'Jac, fy het i!'

Am unwaith, y bore hwnnw, cariodd y gwynt y llais i'r cyfeiriad cywir ac am ei fod yn wynt troelli daeth yr ateb yn ei ôl cyn gliried â'r gloch, 'Diawl, sut medra' i? 'Does gin i lond 'y nwylo fel ma' pethau.'

Roedd hynny'n wir. Pan oedd Jac Black, a ddylai fod

gartref yn cwblhau'i hunangofiant, yn agor drws i alarwr oedrannus gael mynd i mewn i'w gar roedd y corwynt yn chwythu dau neu dri o alarwyr eraill i mewn o'i flaen.

Pan daflodd y Gweinidog gip dros ei ysgwydd, dyna lle'r oedd Howarth ar ben clawdd cerrig a wahanai'r fynwent oddi wrth gae porfa. Cwpanodd ei weflau a gweiddi, 'Mistyr Howarth, at pa deulu roeddach chi'n cyfeirio?'

'Plas Coch,' gwaeddodd Howarth cyn i hyrddiad ffyrnig o wynt ei fwrw â'i din dros ei ben i'r cae.

Wrth adael y fynwent ni allai'r Gweinidog lai na gwenu o weld anghaffael Jac – yr hunangofiannwr. Tu mewn i amryw o geir roedd yna alarwyr wedi'u chwythu i mewn i geir anghywir, yn dobio'n ffyrnig ar y ffenestri ac yn erfyn arno'u gollwng yn rhydd; ar y borfa laith roedd gweddill y galarwyr, yn cydio'n dynn yn ei gilydd fel nionod mewn rhaff, ac yn erfyn am i'r ceir gael eu gwagio ac iddynt hwythau gael mynd i'w ceir eu hunain.

*   *   *

Wrth agor y llidiart ar waelod y dreif tarmac a droellai i fyny at Blas Coch y noson wyntog honno o Dachwedd argyhoeddwyd y Gweinidog fod profedigaeth go lem wedi taro'r teulu. Ar wahân i olau gwan, fel pry tân, mewn un ffenest roedd y plasty mewn tywyllwch llwyr. Roedd y lle'n oleudy fel rheol, gyda chryn 'sŵn cerddoriaeth a dawnsio' yn dianc drwy'r ffenestri hanner agored, a cheir moethus yn mynd a dŵad i fyny ac i lawr y dreif.

Dros bryd min nos bu Ceinwen ac yntau yn dyfalu'n ddwys p'run ai Freda neu Fred a oedd wedi colli'r dydd.

"Tasa hi ddim ond wedi b'yta'r un bwyd â phawb arall,' barnodd ei wraig, 'yn lle trio byw ar wynt er mwyn stwffio i fymryn o ficini a hwnnw'n un rhy fach i rywun fedru chwythu'i drwyn hefo fo.'

'Ond, Ceinwen bach, 'ti'n cyfri cywion cyn i'r un wy gael

ei ddodwy. E'lla ma' Fred 'i hun sydd wedi'n gada'l ni. Meddwl am y bol oedd o'n gario.'

'Wn i.'

'A 'doedd gynno fo haerns yn tân ym mhob man, heb law hefo'i waith.'

'Mi fydd yn g'nebrwn a hannar iti, Eilir.'

'Be' 'ti'n feddwl?'

'Wel, 'dydi Fred yn Faer y dre.'

'Wn i.'

'Am yr eildro!'

'Reit,' meddai Eilir, a chodi'n sydyn o'i gadair a chychwyn am y drws, 'mi a' i draw i Blas Coch i weld pa brofedigaeth sy' wedi'u taro nhw.'

'Deud 'mod i'n cydymdeimlo hefo nhw, beth bynnag sy' wedi digwydd.'

Pan gamodd y Gweinidog o'i gar ar y llain tarmac wrth borth y Plas, fe'i dallwyd gan gylch o olau bygythiol wrth i'r lampau diogelwch neidio at eu gwaith. Ymhen ychydig eiliadau, diffoddodd y golau llachar yr un mor sydyn a'i adael mewn tywyllwch llwyr. Dim ond wedi i'w lygaid gynefino â'r llwydnos y llwyddodd i fapio'i lwybr at y drws ffrynt.

Fred ei hun a ddaeth i'r drws mewn gwisg ddigon anaddas i ŵr a oedd yn eigion profedigaeth: cap basbwl glas yn bargodi'n isel dros ei dalcen a 'Kiss Me Quick' uwch ei big a chrys-ti melyn a'r gair 'Bronco' ar draws ei frest. 'O! Chi sy'na? Y . . . dowch i mewn 'run fath,' ond y siomiant i'w glywed yn ei lais. 'Disgw'l Hopkins y Banc roeddan ni.'

Wedi cael ei arwain i barlwr bychan – lle roedd y mymryn golau – gwelodd Freda (ac roedd Eilir yn falch iawn o weld ei bod hithau'n fyw) yn eistedd yn ei chwman ar fymryn o stôl a golwg un yn nannedd profedigaeth arni – serch bod y ffrog goch danbaid, gynnil ei deunydd, yn fwy addas i dŷ gwledd nag i dŷ profedigaeth. Cododd, a cherdded at ei Gweinidog i gwpanu'i ddwylo â'i dwylo ewingoch ei hun a'i gosod ar ei mynwes, 'Mistyr Thomas, cariad, diolch i chi am alw i'n gweld ni, yn ein trallod. 'Steddwch.'

Wedi i bawb eistedd, cydiodd Fred Phillips yng ngwddw potel a oedd ar fwrdd coffi bychan wrth ei benelin, a dau neu dri o wydrau yn cadw cwmni iddi, 'Ga' i gynnig joch o'r llaeth gafr 'ma i chi, Mistyr Thomas?'

'Twdls, cariad,' brathodd hithau a serio'i dau lygaid mascaredig arno, 'ffor-shêm! Ble ma'ch manyrs chi wedi mynd?'

'Ddrwg gin i, Blodyn.' (Ac fel 'Twdls' a 'Blodyn' y cyfeiriai'r ddau at ei gilydd, yn ddirgel ac ar goedd er mawr ddifyrrwch i bawb o'u cydnabod.)

'Asti Spumanti ydi enw'r peth sy' yn y botal 'na! Ac o Tesco mae o 'di dŵad – nid o bwrs gafr. A pheth arall, dyn dŵr glân ydi Mistyr Thomas ni, fel y gwyddoch chi'n dda. Be' fydd hi, Mistyr Thomas? Dŵr tap, 'ta dŵr â blas mint arno fo?'

'Naill na'r llall, diolch yn fawr i chi. Dim ond newydd ddarfod fy swpar ro'n i. Ond cariwch chi 'mlaen.'

'Diolch i chi,' ebe Fred, er ei fod ar ei aelwyd ei hun ac wedi talu am y botal. 'Mi gymra' i ddiferyn, gan ych bod chi'n pwyso arna' i.'

'A'i yfad o'n ara', ynte Twdls?' rhybuddiodd hithau.

Snobs o'r radd flaenaf oedd Fred a Freda Phillips, wedi dyrchafu'u hunain gerfydd careiau'u hesgidiau ac yn actio byddigions. Oherwydd llwyddiant y ffyrm – ac roedd Fred, beth bynnag a ddywedai neb, yn adeiladydd hynod o lwyddiannus – symudwyd o dŷ cyffredin yn ardal yr Harbwr i Blas Coch ar gyrion y dref, adeilad a fu'n blasty bychan ar un cyfnod, ac ychwanegu ato bob rhyw foethau. Yr unig ddal yn ôl a fu yn hanes y teulu oedd priodas annisgwyl Elvis, eu hunig fab, â Nuala, merch hynaf Shamus a Kathleen Mulligan. I wthio halen i'r briw, penderfynodd hwnnw symud i fyw at deulu'i wraig yn un o garafanau moethus y llwyth ar y Morfa Mawr ac ymuno â hogiau Shamus yn y gêm tarmacio yn hytrach na dal ati i gymysgu sment ym musnes ei dad. Cyn i hynny o haul a fu ar y fodrwy bylu daeth Patrick Joseph i'r byd, yn gannwyll llygad y ddau deulu fel ei gilydd. Cyn belled ag roedd tarmacio yn y cwestiwn, roedd 'Taid Plas Coch' a 'Taid Shamus' yn cystadlu am yr un tamaid o deisen: tarmac 'Taid Plas Coch' yn uwch ei bris ond yn caledu'n llawer cynt, a tharmac 'Taid Shamus' yn llawer rhatach i'w brynu ond yn dal yn bwdin am dragwyddoldeb.

'Ga' i ofyn i chi pwy yn union ydach chi wedi'i golli?' holodd y Gweinidog, a'r sgwrs bengoll wedi rowndio'r dref ddwywaith neu dair erbyn hyn.

'Ga' innau ofyn,' holodd Freda, 'pwy fu mor garedig â sôn wrthach chi am ein gwewyr ni?'

'William Howarth.'

''Rhen Wil,' ebe Fred Phillips a gwên y wlad bell yn dod i'w wyneb. "Gwelis i o, neithiwr ddwytha, yn y Lodj . . .' Aeth Freda i banig. Gwnaeth siâp cerflun Albrecht Durer â'i dwylo a mynd i ystum un yn hir weddïo a bu raid i Fred newid stori ar ganol brawddeg, 'y . . . mewn c'warfod gweddi.'

'Wedi colli'n henw da ydan ni, Mistyr Thomas,' eglurodd hithau a dechrau snwffian crio i fymryn o hances ffrilog. 'Ynte, Twdls?'

''Dach chi'n iawn, Blodyn,' cytunodd Fred, yn cymryd swig da o'r 'llaeth gafr' ac yn sychu'i weflau â chefn ei law. 'A 'neith y gollad ddim help i 'musnas i.'

Fel yn hanes Meri Morris, druan, Jac Black a'i hunanogfiant oedd yn gyfrifol am brofedigaeth y Phillipiaid. Roedd Jac, yn ôl y stori, wedi cael llun Fred a Freda Phillips yng nghinio sefydlu'r Maer – y ddau yn feddw gaib a Fred, y Maer Etholedig, yn chwifio'r gadwyn aur a oedd i fod am ei wddw rownd ei ben, fel petai o'n laswîo bustych yn y Gorllewin Gwyllt, a Freda'n dawnsio'r tango ar ben bwrdd cardiau hynod sigledig a heb fawr ddim amdani.

'Ac mae o am gyhoeddi'r llun yn y llyfr, Mistyr Thomas.'

'A'r Gogonzola hwnnw gwerthodd o iddo fo,' ychwanegodd Fred.

'Gogonzales,' cywirodd hithau.

'Y?'

'Gogonzales, hwnnw sy'n tynnu lluniau. B'yta'r llall byddwch chi, Twdls.'

Ron Gogonzales oedd y paparatsi lleol. Tynnwr lluniau i *Porth yr Aur Advertiser* oedd o wrth ei alwedigaeth – a disgynnydd i deulu o Eidalwyr a ymfudodd i'r dref, dair cenhedlaeth ynghynt, i werthu hufen iâ – ond fe dynnai luniau llai confensiynol a'u gwerthu am bris.

'A meddwl roeddan ni, Mistyr Thomas,' meddai Freda yn wên ddeniadol unwaith eto, 'y basach chi, fel ein Gweinidog ni, yn tynnu'r llun allan o'r llyfr pan gewch chi olwg arno fo.'

Prysurodd y Gweinidog i geisio clirio'i lwybrau, 'Ylwch, does a wnelo fi ddim byd â chyfrol Jac Black.'

'Jac yn y 'Fleece' echnos yn deud yn wahanol,' ebe'r Adeiladydd.

'Bosib' 'i fod o.'

'Yn deud ma' chi sy'n bwrw golwg drosto fo, cyn iddo fo fynd i'r siopau,' ategodd hithau.

O glywed i Jac Black ei werthu, am gawl ffacbys, penderfynodd y Gweinidog sefyll ar ei sodlau, 'Y cwbl 'nes i oedd addo rhoi help llaw iddo fo hefo'r sbelio, 'tasa fo'n digwydd gofyn i mi. Matar i Jac Black ydi be' mae o'n sgwennu, a matar i'r cyhoeddwr ydi cyhoeddi neu beidio.'

Oerodd yr awyrgylch yn y fan, raddfeydd lawer, a disgyn hyd at y rhewbwynt. Edrychodd Freda ar ei watsh, 'Peidiwch â gada'l i ni ych cadw chi, ddim hwy.'

'Dyna ni,' a chododd y Gweinidog i gyfeiliant yr awgrym. 'Mi a' i 'ta.'

A'r Gweinidog wedi'i ddallu, am yr eildro, yng ngolau tanbaid y lampau diogelwch clywodd lais Freda o'r tywyllwch, 'A gyrrwch ein papurau capal ni i'r capal Batus.'

'Ond mi rydach chi wedi bod hefo'r Batus unwaith o'r blaen,' atebodd yntau, 'a methu â setlo.'

'Gyrrwch nhw yno'r un fath,' gorchmynnodd y llais o'r

nos. 'Os ydi gweddïau William Thomas yn rhai diflas, ac ma' nhw, mae o'n ddyn safith at 'i air. Nos da.'

'Nos da.'

*     *     *

Yn siop Lloyd y cafodd y Gweinidog y cip cyntaf ar gyfrol John Black, *Y Gwir yn Erbyn y Byd*. Llipryn o lyfr tenau'i asgwrn cefn ydoedd a phrin iawn ei dudalennau; llun Jac ei hun ar y clawr ym mhriodas cyfnither i'w fam flynyddoedd ynghynt a chlamp o rosyn, seis rhododendron, yn llabed y siwt fenthyg. Ar draws y clawr roedd yna rybudd mewn llythrennau bygythiol: NIS NODDIR GAN YR ACADEMI GYMREIG. Fe'i prynodd, wedi iddo gael cip sydyn drwy'r tudalennau. Ar yr wyneb-ddalen, roedd brawddeg yn hysbysu mai 'Lloyd C. Lloyd, Siop Lloyd, Porth yr Aur' a'i cyhoeddodd 'ar ei gost ei hun' – heb yr ychwanegiad fod pob argraffydd a chyhoeddwr arall ledled Cymru wedi gwrthod y gwaith.

Bu Esyllt Morris, 'Galwch fi'n Es', ar y ffôn gydag Eilir yn union cyn y lansio – wedi'i chyflyru i gredu fod y Gweinidog yn un o gyfeillion agosaf 'Mistyr Black'– yn erfyn arno geisio'i berswadio i beidio â chyhoeddi sill. Roedd ganddi gais arall hefyd, ar i'r Gweinidog fynd ar ei union i'r 'Fleece' i geisio achub hynny o flaendal yr Academi a oedd heb ei droi yn 'licwid'. Am unwaith, llwyddodd i ddal ei dir a gwrthod y ddwy gymwynas.

Ceinwen oedd y cyntaf o'r ddau i ddarllen y gyfrol. Roedd hi a'i gŵr yn eistedd o boptu'r tân ar noson stormus a'r gwynt yn griddfan yn y simnai; Eilir newydd weld llun Jac a broliant hael i'w gyfrol yn y Porth yr Aur *Advertiser* a Ceinwen yn pori yn *Y Gwir yn Erbyn y Byd*.

'Llyfr go dlawd 'di o, Cein.'

''Ti'n deud wrtha' i? Tri deg un o dudalennau sy' yma i gyd, a 'dydi stori bywyd Jac ddim yn dechrau dan dudalen pump.'

'Tebyg i be' ydi'r arddull 'ta?'

'Tebyg i *Sali Mali*.'

'Tebyg i be'?'

'Wel, y llyfr fydda' gin yr hogyn 'ma, 'stalwm, pan oedd o'n dysgu darllan. Clyw.' A dechreuodd Ceinwen ddarllen fel petai hi'n darllen i blentyn teirblwydd. "Jac yw fy enw. Mae Jac yn byw mewn tŷ. Mae tŷ Jac ger y mooor." Ac ma' gynno fo dair 'o' yn y gair môr.'

'I Miss Thomas, yn yr 'Infants', ma' diolch am hynny.'

'A dim to ar y môr hwnnw – serch mor hir ydi o.'

'Deud i mi, Cein, ydi llun teulu Plas Coch yn y gyfrol?'

''S'na ddim lluniau yn y llyfr, hyd y gwela' i. Dim ond ar y clawr.'

'O!' a swnio'n siomedig. 'A be' am Meri Morris? Ydi o'n cyfeirio ati hi?'

'M . . . Aros di . . . Ydi, yn fyr.'

'Wir?' Ac aeth y Gwenidog yn groen gŵydd i gyd, yn ofni'r gwaethaf.

'Ar ddechrau'r ail bennod sy'n dwyn y pennawd *Ein Cymwynaswyr*.'

'Cymwynaswyr?'

'Ia. A 'dw i'n dyfynnu rŵan, fel byddan nhw'n deud. "Gwraig fferm yw Meri Morris. Mae Meri Morris yn gwerthu llefrith. Bydd Meri Morris yn gwerthu llefrith i Jac. Bydd Jac yn yfed y llefrith. " Dyna'r cyfan.'

'Mi ddyla' fod wedi ychwanegu, "Ni bydd Jac yn talu am y llefrith".

'Dyla'. Mewn inc coch.'

'Ond ma'na un peth o blaid y gyfrol, Cein.'

'A be' ydi hwnnw?'

'O hyn ymlaen, mi fedar Meri godi pris llawn am bob peint adewith hi ar stepan 'i ddrws o.'

'Medar. Ond ca'l Jac i dalu am y 'licwid' fydd yn anodd iddi.'

\* \* \*

Unwaith roedd y gyfrol denau wedi gweld golau dydd, a

darllenwyr pryderus wedi cael cyfle i frigbori drwy'r ychydig dudalennau, adferwyd bywyd y dref yn ôl i'w hymdrym arferol. Daeth teuluoedd clos a oedd wedi mynd yn ddiarth i'w gilydd yn agos unwaith eto, adferwyd cartrefi a oedd yn bygwth chwalu ac achubwyd priodasau a fu ar y creigiau. Gwelwyd ailgofrestru cyfenwau ac adfer ewyllysiau. Daeth busnesion ar sincio i gadw'u pennau a llifodd cwsmeriaid yn ôl i'w hen siopau: perchnogion ceir yn troi'n ôl at yr hen garej; cleifion yn dychwelyd i'w hen syrjyri, eglwyswyr yn troi'n ôl yn gapelwyr a chapelwyr yn troi'n ôl yn eglwyswyr, yfwyr yn cyfnewid clwb am eu hen dafarn a thafarn am eu hen glwb, a rhai'n dychwelyd at ddeintydd a cheiroptydd, bwtsiar a barbwr, i siop tsips a pharlwr trin gwallt. Yr unig un i golli busnes oedd ffyrm *James James, James John James a'i Fab, Cyfreithwyr* – a'r Capel Batus. Penderfynu gadael eu papurau yng Nghapel y Cei a wnaeth 'Twdls' a 'Blodyn' wedi'r cwbl – o leiaf, hyd nes y byddai John Black yn debyg o gyhoeddi ei ail gyfrol o dair. Achos yn nhref simsan Porth yr Aur mae'r amhosibl yn bosibl.

## NEATH PORT TALBOT LIBRARY AND INFORMATION SERVICES

| | | | | | | | |
|---|---|---|---|---|---|---|---|
| 1 | | 25 | | 49 | | 73 | |
| 2 | | 26 | | 50 | | 74 | |
| 3 | | 27 | | 51 | | 75 | |
| 4 | | 28 | | 52 | | 76 | |
| 5 | | 29 | | 53 | | 77 | |
| 6 | | 30 | | 54 | | 78 | |
| 7 | | 31 | | 55 | | 79 | |
| 8 | | 32 | | 56 | | 80 | |
| 9 | | 33 | | 57 | | 81 | |
| 10 | | 34 | | 58 | | 82 | |
| 11 | | 35 | | 59 | | 83 | |
| 12 | | 36 | | 60 | | 84 | |
| 13 | | 37 | | 61 | | 85 | |
| 14 | | 38 | | 62 | | 86 | |
| 15 | | 39 | | 63 | | 87 | |
| 16 | | 40 | | 64 | | 88 | |
| 17 | | 41 | | 65 | | 89 | |
| 18 | | 42 | | 66 | | 90 | |
| 19 | | 43 | | 67 | | 91 | |
| 20 | | 44 | | 68 | | 92 | |
| 21 | | 45 | | 69 | | COMMUNITY SERVICES | |
| 22 | | 46 | | 70 | | | |
| 23 | | 47 | | 71 | | NPT/111 | |
| 24 | | 48 | | 72 | | | |